PENSÉES DE M. NOIROT

SUR LA POÉSIE ET SUR L'ART.

PENSÉES
DE M. NOIROT
SUR LA POÉSIE ET SUR L'ART
(ÉLÉMENTS NOUVEAUX D'ESTHÉTIQUE)

RECUEILLIES ET FIDÈLEMENT EXTRAITES
D'APRÈS LES LEÇONS DICTÉES, LES QUESTIONS DICTÉES,
LES NOTES ÉCRITES AUX COURS
DEPUIS L'ANNÉE 1830 JUSQU'A L'ANNÉE 1850.

CLASSÉES ET DISPOSÉES

PAR JACQUES DE RICQLÈS
Auteur d'une Esquisse d'un Cours de Philosophie.

PERISSE FRÈRES, LIBRAIRES - ÉDITEURS

LYON
ANCIENNE MAISON
grande rue Mercière, 33
rue Centrale, 68

PARIS
NOUVELLE MAISON
rue Saint-Sulpice, 38
angle de la place

1852

Ὑποτύπωσιν ἔχε ὑγιαινόντων λόγων.

(S. PAUL, I, TIMOTH., I, 13.)

Formam habe sanorum verborum.

—

« Le plus parfaict mirouer n'est le plus aorné de dorures et pierreries; mais celluy qui véritablement représente les formes objectes. »

Lyon. — Imprimerie de J. BRUNET FILS, rue Sainte-Catherine, 11.

A

MONSIEUR NOIROT,

OFFICIER DE LA LÉGION-D'HONNEUR,
ANCIEN PROFESSEUR DE PHILOSOPHIE AU LYCÉE DE LYON,
INSPECTEUR GÉNÉRAL DE L'INSTRUCTION PRIMAIRE.

MON MAITRE,

Ce livre vous appartient; il a été conçu depuis longtemps sous l'action et sous l'influence de votre parole. Il est composé avec les matériaux et les documents textuels de votre admirable enseignement. Il est en quelque sorte un enfant de votre école, et si l'on peut lui faire quelques reproches, c'est à votre disciple seul qu'il faut les adresser. J'ai osé écrire mon nom obscur à côté du vôtre si honoré et si respectable; c'est par devoir plutôt que par immodestie. J'ai pensé qu'il ne fallait pas cacher le nom du disciple qui rend hommage au mérite de son maître, et qui, humble éditeur mais consciencieux élève, n'appose son nom sur le livre que pour garantir la fidélité et l'exactitude de l'ouvrage. Cette témérité me sera donc pardonnée en faveur du motif que je viens de vous soumettre.

Autant qu'il m'a été possible, j'ai coordonné les matériaux dont j'ai pu disposer suivant la méthode synthétique, cette méthode étant la méthode légitime que l'esprit doit appliquer à la création des sciences morales. Je n'ai accueilli dans le corps du livre, divisé par articles et par paragraphes, que le texte même de vos dictées, soit de vos leçons, soit de vos résumés, soit du questionnaire que vous dictez à la fin de chaque classe pour servir aux élèves de sujet de méditation, de travail, de rédaction. Dans quelques paragraphes, d'ailleurs peu nombreux, j'ai donné une certaine extension aux notes qui ne présentaient votre pensée que d'une manière succincte pour le public; je ne l'ai jamais fait qu'en restant fidèle à l'esprit de rigoureuse déduction qui distingue votre enseignement. J'ai cru nécessaire de les faire imprimer avec un plus petit caractère, afin qu'on ne les confondît point avec le texte. Tous les autres paragraphes sont extraits des différents cours de philosophie professés depuis 1830. J'ai mis le plus grand soin dans la disposition méthodique de ces précieux documents.

Ce livre répondra, c'est mon sincère espoir, au désir général qui m'a été exprimé de toutes parts, et qui non-seulement est vivement partagé par vos élèves, mais encore par beaucoup de gens de ceux qui pensent. Nous manquons en France d'un traité philosophique des éléments de la science du beau; nous n'avons sur la poésie et sur l'art aucun livre qui présente, sous la forme scientifique, les principes et les conséquences de la raison littéraire; nous ne possédons sur l'étude de la littérature aucun ouvrage sérieux et propre à servir aux besoins de l'enseignement public et privé. Cependant l'esthétique conçue et professée du double point de vue du christianisme et de la raison, est une voie admirable et souverainement salutaire pour conduire la jeunesse vers ces hautes et solides notions de la vérité, qu'il n'est que trop à souhaiter qu'elle pratique dans les justes mesures de la sagesse. C'est pour répondre au désir de ceux qui demandent un traité des éléments de l'esthétique que j'ai tenté d'éditer ce livre; c'est pour contenter les hommes qui considèrent la littérature comme une étude morale et comme un délassement plein d'instruction, *utile dulci*, que j'ai réuni vos pensées sur le beau et sur l'art, dans la conviction qu'il n'y avait rien de mieux à faire, pour remplir le vœu qui m'était manifesté de toutes parts, que de composer, avec vos belles et profondes pensées sur le beau, le traité de littérature philosophique désiré.

Ce livre ne contient aucune notion, aucun principe qui ne soit consenti par la raison universelle du genre humain. A la fois littéraire, philosophique et religieux, il repose tout entier sur les fondements mêmes de l'humanité, sur la foi à la véracité de nos facultés, sur la foi à la légitime infaillibilité de la raison, et sur la foi à la divinité du christianisme. On peut donc le mettre entre les mains de tous ceux qui prennent la vie au sérieux, qui considèrent ce monde comme un séjour passager où l'âme doit acquérir les droits du ciel par l'étude et la pratique du bien, du vrai, du beau; qui pensent que pour donner à l'âme le développement et la lumière, il faut consulter et suivre la religion aussi bien que la raison. Vos pensées sont éminemment propres à leur servir d'objet d'étude, à élever leur personnalité, à agrandir surtout les points de vue d'où ils contemplent les choses d'ici-bas, je n'ose dire les choses de là-haut. A ceux-là, le livre sera profitable. Quant aux hommes qui méritent à peine ce nom, il leur sera utile, s'ils veulent rentrer en eux-mêmes et reconnaître l'état malheureux de leur âme.

Voilà pourquoi, sans prétendre à la perfection, j'ai cru néanmoins pouvoir inscrire au commencement du livre cette recommandation de saint Paul que j'adresse au lecteur : Ὑποτύπωσιν ἔχε ὑγιαινόντων λόγων...... (2 TIMOTH. I, 13.) « Conserve le modèle de saines paroles » c'est-à-dire : conserve le dépôt (παραθήκην) des paroles salutaires, bienfaisantes, qui ont le pouvoir de guérir l'âme de ses souffrances et de ses privations, et de lui rendre la santé (ὑγίειαν), la force vivace, *vivida vis*, la puissance et l'énergie morales lorsqu'elles lui manquent. Oui, conservons, retenons le modèle, le type du vrai, du bien et du beau; conservons la raison au milieu de nous, dans notre âme, dans le for de notre conscience, et pour obtenir qu'elle nous soit toujours présente, ne négligeons aucun effort, redoublons d'attention, veillons sur notre âme et méditons avec recueillement, avec la volonté affermie de nous améliorer, sur la parole de vie, sur les instructions saines, sur les pensées fortes et belles, capables d'élever notre être moral, de guérir ou de soulager notre cœur, de réveiller la conscience, afin que par cette salutaire communication notre âme parvienne à s'amender, à s'affranchir des chaînes pesantes dont la chargent les soins d'un avenir qui n'est point fait pour elle, et à se convaincre de la nécessité de pratiquer sérieusement la vie morale, c'est-à-dire la liberté soumise à la raison et à la religion.

Si ce livre réussit à servir à cet égard d'objet d'heureuses et fécondes méditations, s'il ravive l'amour pur du beau qui depuis quelques années s'est attiédi; s'il a pour effet de fixer l'attention sur les profondes questions de l'art et de la véritable civilisation, il aura rempli son but et dépassé nos espérances. Pour cela, mon vénérable maître, j'ai confiance dans l'aide du Tout-Puissant et dans l'autorité de votre nom; j'ai la certitude que les hommes de bien nous sauront gré d'avoir admis le public à la participation de vos belles et saines doctrines. Cette certitude a soutenu les efforts que j'ai réunis pour composer ce livre.

Veuillez accepter ce livre comme un hommage que je suis heureux de pouvoir vous rendre, de l'estime et du dévouement plein d'affection que vous m'avez inspiré pour vous depuis que j'ai le bonheur de vous connaître. Veuillez accepter cette marque de gratitude et d'affection respectueuses, et me continuer longtemps encore les témoignages de votre précieuse amitié. Je n'aurai point de plus douce récompense.

Votre humble et respectueux disciple,

JACQUES DE RICQLÈS.

LYON, février 1852.

PENSÉES DE M. NOIROT

SUR LA POÉSIE ET SUR L'ART.

ARTICLE I.

DU LANGAGE.

—

§ 1.

L'être libre et intelligent, lorsqu'il sort des limites de la conscience, se manifeste au dehors sous une double forme : 1° par la création de l'action ; 2° par la création de la parole, de l'art. — La première création appartient au domaine de la morale ; la seconde est proprement le langage.

§ 2.

Par langage ou par signes il faut entendre tout phénomène extérieur qui par son association avec un phénomène de conscience et particulièrement avec une idée, est propre à faire renaître cette idée, à la rendre présente à l'esprit, ou comme on le dit vulgairement à la représenter, *repræsentare* (1846-47). Tant que l'idée n'existe pas, il n'y a pas de langage.

§ 3.

Il y a trois sortes de signes :

1° Les signes-mouvements, — en d'autres termes — le langage d'action;
2° Les signes-articulations, — — — le langage parlé;
3° Les signes-formes, — — — le langage figuré.

§ 4.

Le langage d'action se compose de trois éléments :

1° De gestes, qui n'expriment que des phénomènes sensibles ;

2° Des jeux de la physionomie ;

3° De sons inarticulés, chantés.

§ 5.

Ce langage est le premier qui se manifeste dans l'enfance des individus et des peuples ; à mesure que l'esprit approche de sa maturité, il abandonne peu à peu ce langage, qui cependant ne se perd jamais complétement.

§ 6.

La déclamation est sortie de cette sorte de langage ; elle consiste principalement en gestes, en jeux mimiques, en sons chantés.

§ 7.

La prosodie se compose des mêmes éléments que la déclamation, avec cette différence que les sons chantés y sont indispensables. Les langues anciennes avaient une prosodie, parce que les peuples anciens se servaient beaucoup du langage d'action. Les langues modernes n'en ont point, ou du moins très peu, parce que le langage d'action a presque disparu de la société.

§ 8.

Le langage d'action est fugitif ; il n'a aucun caractère de permanence ; il est individuel mais spontané. Il sert d'expression ordinaire à l'étonnement, à l'admiration, à la douleur, à toutes les passions vives et fortement agitées.

§ 9.

Le langage parlé se compose de trois éléments.
1° De sons articulés ;
2° Du chant ;
3° De la parole.

§ 10.

Le langage parlé a succédé dans l'ordre des temps au langage d'action. Le son inarticulé a été complété par le son articulé ; la voix s'est formée à mesure que la pensée s'est développée, et le chant a précédé la manifestation de la parole.

§ 11.

A l'origine, la parole était l'expression complète de l'idée et de ce qui accompagne nécessairement l'idée, c'est-à-dire des sentiments, des émotions, et par conséquent elle était musicale, comme le sont encore aujourd'hui les langues des peuples du midi, chez lesquels la sensibilité domine plus que l'intelligence. A cette époque, les langues se composaient en général de voyelles ; la consonne, ce qui détermine la voyelle, n'existait encore qu'imparfaitement. Mais à mesure que l'intelligence s'est distinguée du sentiment, les langues ont changé de caractère ; l'élément musical qui correspond au sentiment s'est affaibli peu à peu et a fini par disparaître presque entièrement. La parole est devenue l'expression pure et simple de l'idée, et la musique s'est constituée à part et a formé un langage spécial, le langage des sens et des sentiments, comme la parole est devenue le langage spécial de l'entendement (1846-47).

§ 12.

Il faut distinguer la parole en tant que faculté et la parole considérée comme expression de la pensée. La première a pour nom particulier la voix ; la seconde relève des lois qui gouvernent les facultés de l'esprit humain, de la logique et de la morale.

§ 13.

Humainement parlant, la parole est l'interprète de la pensée, *interpres mentis*. Elle revêt deux formes : le vers et la prose. Ces deux formes sont dépendantes des règles de la grammaire, de la syntaxe, des tropes, de la rhétorique, et de plus, pour le vers seulement, de la prosodie.

§ 14.

Le langage figuré se compose de deux éléments :

1° Des formes ;

2° Des couleurs.

Il se subdivise en quatre sortes :

1° La peinture qui suppose le dessin et comprend la gravure, la lithographie, la photographie, etc. ;

2° L'écriture ;

3° La sculpture qui comprend la statuaire, la ciselure, etc, ;

4° L'architecture.

§ 15.

Le dessin et la peinture ont précédé l'écriture. L'écriture a été originairement idéographique de deux manières : elle a d'abord été symbolique et puis hiéroglyphique.

L'écriture symbolique consistait à représenter des

signes par des signes. L'écriture hiéroglyphique était plus compliquée et ne pouvait se reconnaître que par tradition. C'était un système de peintures emblématiques.

L'écriture symbolique devint plus tard phonographique, c'est-à-dire syllabique et alphabétique.

L'écriture syllabique avait pour éléments des sons simples. L'écriture alphabétique est formée de sons composés.

§ 16.

A proprement parler, l'écriture est le langage écrit, ayant pour éléments des lettres dont l'ensemble, classé d'après l'ordre convenu, a reçu le nom d'alphabet.

§ 17.

Le langage d'action et le langage parlé sont fugitifs, passagers ; le langage figuré et surtout l'écriture sont permanents, durables.

L'idée est une apparition qui traverse rapidement l'esprit et qui disparaît aussitôt. Toute idée en soi est quelque chose d'infini ou qui tient à l'infini, et que nous ne pouvons bien saisir qu'en le circonscrivant, en le limitant, en le terminant. De là l'expression de terme pour désigner une parole. Mais le terme doit pouvoir être saisi, fixé, sinon il est fugitif, passager. L'alphabet remplit l'important office de fixer les termes, de leur donner la permanence, de les rendre à jamais durables.

Sans l'écriture nous n'aurions aucun des ouvrages dont se compose ce qu'on appelle la littérature.

L'alphabet est, à coup sûr, une des inventions les plus étonnantes de l'esprit humain. Le perfectionnement de ce système de signes a toujours été parallèle au perfectionnement de la civilisation, et les peuples qui ne sont point encore arrivés au perfectionnement de l'alphabet sont condamnés à s'arrêter à un certain développement de l'esprit qui devient ensuite infranchissable. En Chine, l'écriture est syllabique ; les savants restent quarante ans de leur vie à apprendre à lire ; il y a autant de mots que d'idées dans le Chinois, tandis que dans l'écriture alphabétique un mot représente un grand nombre d'idées ; sans l'alphabet aucune découverte ne serait possible dans le domaine d'aucune science ni d'aucun art, ou plutôt il n'y aurait ni science ni art.

§ 18.

On a inventé la statuaire et l'architecture parce qu'il y a dans l'esprit humain des idées qui ne peuvent être manifestées ni par le langage d'action, ni par la parole, ni par l'écriture. La statuaire et l'architecture expriment mieux l'infini que les autres sortes de langage. A chaque transformation de l'idée d'infini, on a vu des transformations s'opérer dans l'architecture, et cela dans les mêmes proportions. Les premiers ouvrages de l'architecture furent destinés à Dieu. Il faut cependant observer que le langage humain, créé pour exprimer le fini, ne peut que très imparfaitement se prêter à l'expression, même éloignée, des attributs de Dieu.

§ 19.

LA CONDITION D'EXISTENCE DU LANGAGE, C'EST LA LOI DE L'ASSOCIATION DES FAITS DE CONSCIENCE.

Supprimez cette loi et le langage est impossible, la manifestation de la pensée est impossible, l'éducation est impossible, la société entière est impossible. (1836-37).

§ 20.

Un phénomène extérieur, tel qu'un son, une couleur, n'est point essentiellement un signe par lui-même. Il n'acquiert ce caractère, cette puissance, que par le fait de l'association des faits de conscience.

§ 21.

DE LA LOI DE L'ASSOCIATION DES FAITS DE CONSCIENCE.

Les faits de conscience ont des causes naturelles qui sont les facultés mêmes de l'âme. Ces faits se produisent habituellement par l'action et le concours de ces facultés. Ainsi, primitivement, les sensations n'existent que par l'action de la sensibilité ; les opérations et les déterminations par l'action de l'activité ; et enfin les notions nécessaires par l'action de la raison. Il en est de même des faits physiologiques qui par leur nature sont intimement liés avec les phénomènes psychologiques, quoiqu'ils en restent toujours complètement distincts ; nous voulons parler de l'impression et de l'action, deux faits purement organiques, dont l'étude appartient à la physiologie, mais qui se lient si directement avec les faits de conscience. qu'il est impossible de ne pas les rattacher à l'étude de ces derniers.

Tous ces phénomènes se produisent dans l'ordre suivant : 1° au premier rang se produit l'impression ; 2° au second, et dans la première période de la vie, immédiatement après l'impression se produisent presque simultanément la sensation et l'action, laquelle n'est alors qu'un simple mouvement musculaire ; 3° dans un âge plus avancé, entre la sensation et l'action, s'interposent les opérations intellectuelles et la réflexion ; 4° plus tard, entre l'action et la réflexion, s'interposent les idées qui ne se manifestent d'abord à l'esprit que par l'élément sensible qui les accompagne toujours, c'est-à-dire les sentiments ; 5° Enfin, lorsque l'homme ou plutôt l'être moral est arrivé à son point de maturité, les idées deviennent les règles exclusives de ses déterminations, et par conséquent de ses actions.

Lorsque tous les phénomènes dont nous venons de parler se sont produits et reproduits pendant une durée plus ou moins longue, il se forme entre eux un enchaînement, une liaison, une association telle que si un seul de ces phénomènes, soit psychologique, soit même physiologique, vient à se reproduire par une cause quelconque, aussitôt tous les autres phénomènes se reproduisent simultanément, indépendamment de la volonté et souvent même contre la volonté. Tous ces phénomènes intimement unis par le fait de leur coexistence, forment une chaîne immense, et le moindre mouvement communiqué à l'un de ces anneaux, se propage rapidement à tous les autres. L'esprit est alors traversé par un courant de sensations, d'idées, de sentiments et de déterminations qui le dominent et l'entraînent, qui le constituent dans un état de passivité presque complète. Il agit, il pense, il manifeste ses pensées par des mouvements extérieurs, par des signes ; mais il est plutôt instrument que cause active. Cet état, auquel participent plus ou moins tous les hommes, n'a été bien connu et bien analysé que par les philosophes modernes, et surtout par l'école écossaise. Ils l'ont désigné sous le nom *d'Association des idées*.

On voit que ce terme est impropre, puisque l'association dont nous parlons se forme non-seulement entre les idées, mais entre tous les faits de conscience et même entre les faits purement organiques.

Pour que cette association s'établisse, il faut quelques conditions, et la principale c'est la coexistence, la simultanéité des phénomènes, ou leur succession plusieurs fois répétée dans un même ordre. Ainsi, par exemple, si un homme est témoin d'un évènement qui se compose de plusieurs faits secondaires, si cet évènement a fait naître en lui une suite de phénomènes, des sensations, des idées, des sentiments, des mouvements, toutes les fois qu'une circonstance quelconque de cet évènement se reproduira à ses yeux, immédiatement il sentira renaître en lui toute la série des phénomènes qui s'étaient produits primitivement, dans l'hypothèse toutefois qu'il aura été vivement frappé par le premier événement.

C'est par suite du même fait que l'homme ne peut se trouver dans les lieux qu'il a habités, sans que la vue seule de ces lieux ne fasse immédiatement et involontairement renaître en lui le souvenir des choses et des personnes qui y ont été en relation avec lui. Ce souvenir réveille aussi nécessairement une multitude d'autres phénomènes psychologiques, qui s'étaient produits primitivement à la suite des précédents. Ce qu'on entend vulgairement par *mémoire* n'est autre chose que l'association des idées; c'est par conséquent tout autre chose qu'une faculté de l'âme. Par exemple, lorsqu'on veut retenir une suite de phrases, on les lit, on les prononce successivement dans un même ordre et à plusieurs reprises. Il en résulte une suite de sensations qui, par là même qu'elles ont existé simultanément, ou qu'elles se sont succédées dans le même ordre se lient entre elles, de manière que la première sensation suffit pour faire renaître successivement toutes les autres; c'est ce qui s'appelle vulgairement *apprendre par cœur*. Dans ce cas, c'est la liaison des impressions qui détermine celle des sensations; et, selon que l'organe cérébral a plus ou moins d'aptitude à recevoir ou à conserver les impressions, il en résulte que cette mémoire est plus ou moins fidèle, plus ou moins sûre, plus ou moins prompte. Il est facile de remarquer que l'esprit ne joue aucun rôle actif dans cette espèce de mémoire, et cela est si vrai que lorsqu'il veut intervenir, l'association se rompt et la mémoire fait défaut.

A ce phénomène de l'association des impressions et des sensations peuvent se rattacher les états qu'on désigne sous le nom de rêve, d'aliénation mentale. Le rêve est la reproduction des sensations, par suite de leur association avec des impressions. L'aliénation mentale n'est en général qu'une association tellement forte qu'il est impossible à l'esprit de se soustraire à la présence et à la reproduction continuelle de certains phénomènes de conscience, qui renaissent sans cesse, même en l'absence des objets qui les produisent ordinairement.

Quand il n'existe entre les phénomènes de conscience qu'une faible association, de manière que la présence de l'un n'en révèle et n'en fait renaître aucun autre, il y a faiblesse et imbécillité d'esprit.

(Extrait des Leçons des années 1836-37, 1841-42, 1846-47.)

§ 22.

Cela posé, l'existence du langage serait impossible sans l'association des faits de conscience. Tout langage n'est en général qu'une série de phénomènes extérieurs qui s'adressent au sens de la vue et au sens de l'ouïe. Par eux-mêmes ces phénomènes n'ont aucune signification, aucune valeur; ils sont des couleurs ou des sons et non des signes. Mais si, lorsque ces phénomènes extérieurs affectent un de nos organes, et produisent par conséquent une impression, il se trouve dans notre esprit un autre phénomène de conscience, tel que l'idée ou le sentiment; — la simultanéité de leur existence établit entre eux un enchaînement tel que le phénomène extérieur n'agira jamais sur nous, et ne produira jamais une sensation, sans que cette sensation ne fasse renaître aussitôt l'idée ou le sentiment auxquels elle s'est associée par simultanéité d'existence.

La langue maternelle ne s'apprend qu'à cette condition. A mesure que l'enfant éprouve des sensations, des sentiments, on lui fait entendre des sons qui par eux-mêmes n'ont aucun rapport avec ses sentiments et ses idées. Mais par l'effet de l'association, ces sons feront renaître involontairement les sentiments et les idées ; ils en deviendront les signes. D'où il résulte qu'il est inexact de dire que le langage est un moyen d'expression. Au fond le langage n'exprime rien. Selon les individus, et selon les circonstances dans lesquelles ils se sont trouvés, tel son est lié à tel phénomène extérieur, et c'est à condition de cette liaison que le langage existe et que le son devient un signe. Par conséquent, il n'exprime jamais que la pensée de celui qui parle ; il ne fait que réveiller la pensée de celui qui écoute. Le langage ne transmet point d'idées ; il les suppose, et il ne devient expression qu'à cette condition. Il n'exprime pas plus les sentiments que les idées (1).

(1) Les phénomènes suivants ont tous leur cause dans cette loi. Ce sont : 1° l'amour de la patrie ; 2° la sympathie et l'antipathie ; 3° l'amour et l'admiration pour les ruines ; 4° la difficulté à parler et à écrire une langue étrangère, lors même que l'on connaît parfaitement cette langue ; 5° l'habitude intellectuelle aussi bien que physique ; 6° l'influence toute-puissante de certains symboles sur les masses ; 7° l'impossibilité ou pour le moins la peine insurmontable de

§ 23.

La pensée c'est surtout la combinaison des idées ; mais la pensée est composée d'éléments, soit de sensations, soit de sentiments, soit de déterminations, soit d'actes de l'activité. Ces éléments ne peuvent concourir à la formation d'une connaissance qu'à la condition de s'associer, de s'enchaîner d'une manière indissoluble. Cette association a pour effet la combinaison des idées ; mais cette association ne peut s'accomplir qu'au moyen du langage, et par conséquent, la combinaison elle-même ne peut exister sans le langage, sans les signes (1836-37).

§ 24.

L'HOMME N'A PAS INVENTÉ LA PAROLE.

La preuve en est, c'est que la parole est universelle, impersonnelle, tandis que toutes les inventions des hommes portent les caractères irrécusables qui distin-

se délivrer de certains préjugés, de celui du duel, de la peur dans l'obscurité, etc.; lorsqu'involontairement et à son insu, l'on a associé deux idées, il arrive presque toujours que cette association persévère, lors même qu'elle est condamnée par l'expérience, par le raisonnement, par la raison ; ce sont ces associations qui forment les esprits faux ; il en résulte que rien n'est plus important que de revenir sur les idées précédemment acquises pour rectifier toutes les erreurs qui découlent des fausses associations ; 8° sans la loi de l'association il y aurait une faiblesse universelle ; elle est la condition de la combinaison des idées et de leur synthèse (1836-1837).

guent tout ce qui est accidentel, particulier, individuel, variable, contingent. L'homme a reçu la parole comme il a reçu la raison (1836-37).

§ 25.

OBJET PARTICULIER DU LANGAGE.

Le langage est un moyen d'acquérir, de concevoir et de réveiller les idées qui sont le plus souvent dans un état latent. Tout le travail de l'esprit humain consiste à transformer les idées obscures et latentes en idées claires et actives. Cette transformation a lieu par l'intervention du langage (1841-42-43).

§ 26.

On ne parle pas seulement pour dire ce que l'on pense, mais pour arriver à la conscience de sa pensée ; de même on n'écrit pas seulement pour exprimer sa pensée, mais pour arriver à la conscience de sa pensée, *conscius mentis*. Le langage rend successif ce qui est simultané dans la conscience ; les paroles prononcées les unes après les autres représentent chacune un élément de la pensée ; chaque élément de la pensée, en passant dans le langage, vient s'offrir à l'attention de la conscience qui le perçoit et le saisit mieux, parce qu'il est isolé et distinct des autres éléments. Aussi Condillac a-t-il eu raison de dire que les *langues étaient des méthodes analytiques* (1836-37).

§ 27.

De ce que le langage est l'instrument essentiel de la pensée (§ 23), on a dû conclure que selon que cet instrument était plus ou moins approprié à son but, on devait penser d'une manière plus ou moins juste, plus ou moins profonde, et que par conséquent, pour hâter les progrès de l'intelligence, il fallait avant tout s'attacher à perfectionner l'instrument de son travail. De là les savants ont été conduits à se créer, pour chaque espèce de science, un système spécial de signes, par exemple en mathématiques; et la création de ces systèmes de signes a permis la solution d'une multitude de problèmes impossibles à résoudre dans le langage ordinaire. De là ce qu'on appelle en arithmétique les divers systèmes de numération, qui ne sont au fond que divers systèmes de signes ou de langues diverses, et on les a tellement perfectionnés dans cette branche de connaissances humaines, que l'algèbre qui au fond n'est qu'un système de signes et non point une science à part, est devenue, dit-on, *une langue qui pense* (1846-47).

§ 28.

QU'EST-CE QUE LE MOT?

Il serait impossible de penser aux idées si on les séparait de leurs expressions. Lorsqu'une idée se trouve séparée de son expression, elle reste vague et indéfinissable dans l'esprit; mais dès que nous entendons prononcer le mot, qui est en quelque sorte l'enveloppe de cette idée, elle devient précise, claire, nette. Le mot lui donne une forme, une limite; il lui donne le caractère du fini; il la met au monde, si l'on peut ainsi parler. De même que la lumière pure n'éclaire point et que la lumière réfléchie est seule visible, de même la pensée pure est bien réelle mais insaisissable; la pensée réfléchie, c'est-à-dire renvoyée à l'esprit par le langage, est seule saisissable (1836-37).

§ 29.

Or, pour fixer l'expression il a fallu lui donner un nom; il a fallu la dénommer, lui donner un son, une forme écrite, désignant un objet de telle manière que ce son, que cette forme tracée réveillassent toujours et immanquablement dans l'esprit l'idée de l'objet dénommé. Ce son, cette forme constituèrent le mot.

§ 30.

Le mot est le premier élément de ce qu'on appelle langue.

§ 31.

QU'EST-CE QU'UNE LANGUE?

Une langue est un ensemble de mots que le langage

emploie pour parler et pour écrire la pensée. Les langues reçoivent leurs lois de l'esprit humain; elles ont tous les caractères, toutes les propriétés, toutes les manières d'être de l'esprit humain, et de plus, tous les caractères particuliers qui distinguent les peuples les uns des autres.

§ 32.

Toutes les langues dérivent d'un premier idiôme comme tous les peuples d'une première famille (1846-47).

§ 33.

DU BUT, DES CARACTÈRES ET DE LA PERFECTION DES LANGUES.

1° Toute langue a un triple but; elle doit analyser la pensée, fournir les formules à la pensée, enfin exprimer la pensée.

Ces trois fonctions sont complètement distinctes, et pour obtenir leurs résultats divers, elles doivent imprimer au langage des propriétés diverses. La perfection du langage consiste essentiellement dans son rapport avec la pensée. Or, la pensée peut être ou spontanée ou réfléchie, c'est-à-dire ou poétique ou scientifique ; il y a donc un langage poétique et un langage réfléchi. 2° *Caractères de ces deux sortes de langage :* — La pensée poétique étant nécessairement synthétique, suppose dans le langage des formes appropriées à sa nature. La pensée scientifique étant analytique, suppose dans le langage des formes contraires. Les caractères du langage poétique sont la richesse, l'abondance, la variété, les formes pittoresques, représentatives, imitatives. Les caractères du langage scientifique, au contraire, sont: la précision, la clarté, la simplicité et l'analogie. Là où la pensée n'est ni spontanée ni réfléchie, le langage a un caractère vulgaire.

De même, les langues qui ont été créées avant la naissance de l'esprit scientifique ont des propriétés différentes de celles qui distinguent les langues nées sous l'influence de cet esprit. Les langues anciennes sont plus poétiques que les langues modernes ; elles parlent plus à l'imagination qu'à l'intelligence. En mettant à part les mots et la syntaxe, le premier caractère de toutes les langues anciennes c'est l'*harmonie*. Toutes les phrases de Démosthènes et de Cicéron sont de la musique ; l'harmonie, chez eux, détermine la place de chaque mot. En général, et même dans Aristote, la phrase, chez les écrivains de l'antiquité, est pleine, redondante ; les sensations dominent dans leur langue, les abstractions y sont fort rares. Ces écrivains mettaient des adjectifs là où nous mettons des substantifs ; les verbes abondaient, les formes infinitives surchargeaient leurs vers, rien n'y heurtait l'oreille, tout flattait les sens, tout y faisait tableau. Cette disposition pour l'harmonie a créé l'inversion, la liaison des phrases par des spirales de conjonctions et le renvoi du verbe à la fin de la phrase, bien que ce dernier caractère n'eût rien d'absolu. Un autre caractère très important, c'est la voix passive. L'homme n'avait pas encore conscience de son activité et ne se connaissait que comme le jouet de la nature ;

il se servait donc de la tournure passive qui, du reste, favorisait l'évolution des syllabes sonores et caressait l'oreille.

3° La langue la plus parfaite serait celle qui fournirait des formes assez variées pour être toujours en harmonie avec toutes les facultés individuelles. La langue doit être l'expression exacte de tout ce qu'il y a dans l'âme.

Le langage scientifique parfait serait celui qui, par la composition et l'analyse des expressions, retracerait exactement la formation de la pensée. Toute science n'est qu'un système d'idées plus ou moins complexes; ces idées complexes sont elles-mêmes le résultat d'un petit nombre d'idées primitives, simples ou élémentaires ; et en supposant que ces idées élémentaires soient désignées par des expressions bien définies, il suffirait, pour arriver à composer la langue de mots significatifs, de combiner ces mots élémentaires, comme l'esprit dans la création de la science a combiné les idées primitives. Cette tentative indiquée déjà par Descartes et développée par Leibnitz, a été appliquée avec le plus grand succès à la science de la chimie par les créateurs de cette science. Les progrès que l'on a obtenus par l'invention de la nomenclature chimique, ont démontré tout ce que les philosophes avaient dit de l'influence du langage sur les progrès des sciences, et ils ont fait sentir le besoin d'arriver à des applications plus parfaites de cette méthode (1836-37, 1841-42, 1846-47).

§ 34.

DE CE QUI PRÉCÈDE, IL RÉSULTE :

1° Que le langage est le moyen par lequel l'âme a conscience de ce qui se passe dans les autres âmes ;

2° Que le langage est le dépositaire des données de la raison ;

3° Que le langage est le dépositaire des données de la tradition ;

4° Que sans le langage la société serait impossible.

ARTICLE II.

DES RAPPORTS INTERNES DU LANGAGE AVEC L'AME.

—

DÉFINITIONS.

§ 1.

La manifestation durable, par le langage écrit ou parlé, des idées et des sentiments des hommes, prend le nom de Littérature.

§ 2.

La manifestation durable, par le langage chanté (musique) et figuré (peinture, sculpture, architecture), des idées et des sentiments des hommes, constitue les Arts.

§ 3.

La science qui a pour objet l'étude des lois et des règles de la littérature et des arts a reçu le nom de science de l'Esthétique.

§ 4.

PRINCIPE GÉNÉRAL.

Toutes les questions de l'esthétique sont les mêmes

que celles de la morale, et toutes les discussions à leur sujet se réduisent à des problèmes de logique et de morale.

La littérature et les arts reçoivent leurs règles de la philosophie qui est la science des sciences (1841, 1846).

§ 5.

L'étude de l'esthétique est de deux sortes; elle est théorique et pratique.

La théorie indique ce qui doit être manifesté ; la pratique enseigne comment il faut manifester la pensée.

§ 6.

THÉORIE.

QU'EST-CE QUI DOIT ÊTRE MANIFESTÉ?

Toutes les fois qu'un signe est l'expression de la pensée et de la vérité, il y a Beau (1841-42).

§ 7.

Le beau, c'est l'idéal représenté par des formes sensibles.

§ 8.

L'idéal est la conception de ce qui doit être. Ce mot vient du verbe grec ἰδεῖν ; il exprime la vue de l'absolu (1). L'idéal comprend donc le vrai, le bien, le beau, c'est-à-dire l'infini.

§ 9.

Principe absolu. — L'idéal dépend de l'idée de l'unité de Dieu.

§ 10.

Le beau n'est jamais que dans l'idée pure ; il est cette idée elle-même en tant qu'elle est saisie à travers l'élément matériel, le fini. De là le beau peut être défini : « L'infini vu à travers le fini. »

§ 11.

L'intuition de l'idée pure, c'est précisément l'inspiration. Être inspiré, c'est avoir la vision intérieure de l'idéal. On peut avoir cette inspiration sans rien connaître du monde extérieur. Descartes s'est fait ignorant pour mieux voir l'idée pure. Il ne faut point être occupé de préjugés, moins encore de doutes, pour avoir l'intuition de l'idée pure.

(1) On sait que Platon distingue *εἶδος* de *ἰδέα*. Εἶδος désigne la forme d'un objet, au-delà de laquelle on découvre *ἰδέα*, qui est le type lui-même, l'idéal, l'absolu. Ἰδέαι, c'est *οἱ τύποι τῶν ὄντων*, *originales rerum species*. Cicéron traduit par *ἰδέας* (*Orator*. 5). De là Platon fut conduit à dire : *ἰδέα καλοῦ, ἀρίστου*, *l'idéal du beau, du bon*.

(Extrait du *Cours d'Histoire de la Philosophie*, 1856-57.)

§ 12.

L'inspiration soutenue produit l'enthousiasme.

L'enthousiasme est la source de la poésie. Ἔνθεον ἡ ποίησις, dit Aristote (*Rhétorique*).

§ 13.

La poésie est à la fois un état de l'âme et une faculté créatrice. Comme état de l'âme, elle est le résultat de l'action de Dieu sur l'âme, de l'apparition de la raison aux autres facultés, à l'activité, à la sensibilité. — Comme faculté créatrice, ποίησις, elle produit toutes les idées, tous les phénomènes moraux qui se rapportent à l'infini, à l'idéal.

§ 14.

En tant que l'idéal est représenté par des formes sensibles, il change de nom et s'appelle le beau.

§ 15.

L'impossibilité de réaliser l'idéal de la vie humaine d'une manière aussi complète, aussi parfaite qu'il se manifeste intérieurement à nous, et le besoin d'arriver à une intuition plus claire de ce même idéal, ont été l'origine de la poésie, de la littérature et des arts. (1846-47).

§ 16.

La poésie a donc commencé par la morale, avec laquelle elle est identique. Les premiers moralistes ont en effet écrit en vers. Le vers est le langage de la spontanéité.

§ 17.

Les premières manifestations du sens moral se trouvent exclusivement dans les poëtes. C'est dans les œuvres des grands écrivains que l'on peut trouver l'expression la plus exacte des prescriptions de la raison pratique. Sophocle, entre autres, dans un chœur de la tragédie d'Œdipe roi (Οἰδίπους τυραννος), a donné une théorie complète, exacte et très scientifique de la loi morale (1846–47).

Εἴ μοι ξυνειη φεροντι
Μοῖρα ταν εὔσεπτον, ἁγνειαν λογων
Εργων τε παντων, ὧν νομοι προκεινται
Ὑψιποδες, ουρανιαν, δι' αιθερα
Τεκνωθεντες, ὧν Ολυμπος
Πατηρ μονος, ουδε νιν θνατα
Φυσις ανερων ἔτικτεν, ουδε
Μην ποτε λαθα κατακοιμασει (1) etc. v. 863-910.

(1) *Traduction :* Qu'il me soit donné de conserver la sainte pureté dans toutes mes actions et paroles, et de régler ma vie sur ces lois sublimes, émanées des cieux, desquelles l'Olympe seul est le

§ 18.

LA POÉSIE PEUT SE MANIFESTER SOUS TROIS FORMES: LA FORME LYRIQUE, LA FORME ÉPIQUE, LA FORME DRAMATIQUE.

Quand l'âme est frappée par des sentiments, elle tend à les produire au dehors par des chants. Son enthousiasme n'attend point qu'elle soit assez calme pour interroger ses sentiments; il l'entraîne, et l'épanchement de l'âme, sa manifestation revêt la forme que nous appelons poésie lyrique, ωδος. Aussi dans l'ordre des temps, la poésie lyrique a précédé toute autre forme de poésie. Quand l'âme a épanché ses premiers sentiments, elle arrive à l'idée claire de l'infini; elle cherche à faire connaître cette idée, ses sentiments se calment. Alors naît la poésie épique, επος, qui est une vision plus claire de l'idéal; elle représente l'action de l'infini sur les êtres; elle fait intervenir les dieux, voulant donner un rôle à l'infini. Puis, après avoir été dominée par l'infini, l'âme développe son activité; elle sent qu'elle est libre, c'est-à-dire qu'elle a le pouvoir de réagir contre le monde extérieur et même contre le monde intelligible. Alors le sentiment de la personnalité domine et l'homme se donne à lui-même le principal rôle; il se met en scène pour lutter contre le monde intelligible, et comme dans la nature humaine il y a le grandiose et le grotesque, il en résulte que l'on a dû composer la tra-

père; ni la nature mortelle des humains ne les a engendrées, ni même l'oubli ne les peut étouffer. Une puissance divine vit en elles, qui ne saurait vieillir, etc. J. DE R.

gédie et la comédie. La poésie dramatique a commencé chez les Grecs, parce que les premiers ils ont développé leur activité, leur liberté.

Ainsi la poésie lyrique, selon l'ordre des temps, selon le développement de l'humanité, est la vision confuse de l'idéal ; la poésie épique est une vision moins confuse, et représente l'action de l'infini sur l'âme. La poésie dramatique enfin est une vision plus claire de l'idéal par l'étude de l'âme même. La poésie dite descriptive est un genre faux (1846-47).

§ 19.

Le poète (ποιητής) est un *faiseur* qui imagine un monde qui n'est pas et le crée d'après un type idéal. On n'est donc poète que par la pensée, et il n'y a que l'homme moral qui mérite ce nom, car il n'y a que l'homme moral qui possède le sentiment de l'infini.

§ 20.

La vie morale est la meilleure et même la seule préparation à la poésie. — Dans la société, la décadence des mœurs entraîne toujours la perte de la poésie.

§ 21.

QU'EST-CE QUE L'ART ?

Un système de signes quelconque prend le nom d'art, lorsqu'au lieu d'être l'expression pure et simple de la pensée humaine, individuelle, il devient l'expression de la pensée générale, de l'idée nécessaire, de l'idéal. L'art, c'est donc en termes plus concis, la réalisation du beau.

§ 22.

QUEL EST LE BUT DE L'ART?

Le but de l'art est d'éclairer dans chaque intelligence cette face de la raison qui nous montre le beau, comme le but de la morale est d'éclairer cette face de la raison qui nous montre le bien.

§ 23.

Les arts naissent de l'idéal. Les véritables artistes sont ceux qui voient le type auquel il faut comparer les œuvres d'art et qui font mieux que la nature.

§ 24.

Les arts ne doivent pas imiter la nature, car le but de l'art est de prendre *ce qui est* pour en faire *ce qui doit être*. Le but de l'artiste doit être par conséquent et toujours l'idéal, le devoir, le beau, l'infini, représentés par des formes, des signes, le langage. Ce qui fait l'artiste, c'est l'entendement (1) et non la vue des objets, la méditation, la contemplation et non l'imitation.

(1) L'ensemble des idées s'appelle INTELLIGENCE; la forme active qui les produit s'appelle ENTENDEMENT, et la source des idées simples primitives s'appelle RAISON.

(*Cours de Philosophie*. 1836-37. 13me leçon.)

§ 25.

Les trois facultés nécessaires à la création des arts sont :

1° La raison, c'est-à-dire la faculté de connaître l'absolu, l'infini, l'idéal ;

2° L'imagination, c'est-à-dire la faculté par laquelle le moi découvre des rapports entre l'idéal et le réel, entre le monde moral et le monde intelligible, et par laquelle il découvre en outre dans le réel des formes qui représentent l'idéal, formes sensibles qui révèlent aux sens ce qui nous est révélé par l'idéal ;

3° Les organes.

Les deux premières sont les plus utiles, et il est absurde de commencer à s'exercer aux organes avant la raison et l'imagination.

§ 26.

Ce qui doit être manifesté, c'est par conséquent l'idéal, l'infini ; il doit être manifesté dans le langage et par le langage.

§ 27.

La manifestation de l'idéal est en raison du développement des facultés morales et intellectuelles. En d'autres termes, il y a des conditions générales du développement de la poésie, de la littérature et des arts

§ 28.

QUELLES SONT LES CONDITIONS GÉNÉRALES DU DÉVELOPPEMENT DE LA POÉSIE, DE LA LITTÉRATURE ET DES ARTS?

Ces conditions sont au nombre de deux :

1° La vie morale qui est impossible sans la liberté morale, elle-même soumise volontairement aux conseils de la raison et de la religion ;

2° L'ordre, l'unité, l'harmonie des volontés dans la société, et par conséquent sa prospérité et sa grandeur.

Ces deux conditions impliquent toutes les autres.

§ 29.

DE LA LIBERTÉ DANS SES RAPPORTS AVEC LA RAISON.

Démonstration de la liberté. — Le mot liberté désigne comme presque tous les mots un grand nombre de faits différents. Ce mot s'applique 1° à l'ordre politique où il a un sens spécial ; 2° à l'ordre social où il a un sens complètement différent ; enfin 3° à l'ordre moral, et ici il a encore plusieurs significations. Il y a dans l'ordre moral, dans la sphère de la conscience, deux sortes de libertés : l'une qui peut s'appeler liberté psychologique ; l'autre liberté morale, qui n'est que le développement, la puissance pleine et entière de la précédente.

La liberté psychologique est le pouvoir de produire un acte par soi-même. Or, que ce pouvoir existe, rien n'est plus certain ; il suffit d'en appeler à l'expérience. Mais que ce pouvoir agisse toujours, que le moi use constamment de cette puissance d'être cause, d'agir par lui-même, c'est aussi un fait d'expérience qu'il n'en est pas toujours ainsi. Par exemple, à une époque de la vie, dans la première enfance, il n'existe que des sensations, que des modifications de la sensibilité. La volonté est l'agent ou plutôt l'instrument des impressions qui se succèdent dans le moi. Toute sensation agréable ou pénible provoque un acte de la volonté qui détermine un changement dans les organes. Il y a eu liberté psychologique mais non liberté morale, c'est-à-dire l'acte n'a eu d'autre cause réelle que le moi ; la volonté s'est prêtée facilement à une impulsion qui venait du dehors et elle s'est faite instrument. Cet état est celui de l'enfance ; il se continue plus ou moins longtemps; il peut même se perpétuer jusqu'à la fin de la vie. Il peut se reproduire lorsqu'il ne se perpétue pas ; mais il a lieu toutes les fois qu'il y a, comme chez l'enfant, absence d'idées, de réflexion, de combinaisons, et de prédominances exclusives de la matière sur le moi, des forces brutes et aveugles sur la force libre et intelligente.

Il arrive un âge où les idées prennent la place des sensations, où l'intelligence succède à la sensibilité, la pensée à la passion; alors naît la liberté morale. Nul acte ne se produit au-dehors qu'après avoir préexisté dans l'ordre moral ; qu'après avoir été, pour ainsi dire, moulé en pensée. L'homme ne cède plus instinctivement, passivement à des causes extérieures. Il prévoit, il calcule, il examine ; en un mot il *délibère*. Il se représente dans la pensée l'acte à faire; il l'analyse en lui-même et dans ses conséquences; il le pèse, il l'apprécie, et lorsqu'il se résout il le fait avec connaissance de cause. Que l'acte se manifeste au-dehors par la parole ou par l'action, ou qu'il reste dans la sphère de la conscience, peu importe ; il est accompli dès qu'il y a eu *délibération* et résolution. La parole et l'action ne sont que des formes ; mais elles n'ajoutent rien à la réalité.

Pour arriver à cet état de liberté morale, il faut que l'homme ait reconnu par son expérience et par son éducation qu'il ne peut pas, sans blesser ses premiers intérêts, céder à toute impulsion étrangère ; qu'il n'agit rationnellement qu'autant qu'il agit avec réflexion, qu'il se possède, qu'il se commande à lui-même, qu'il est *compos suî*, qu'il possède l'empire sur tout ce qui vient du dehors, sur les sensations, les désirs, les besoins, les passions, etc., et sur son activité propre, sur toutes ses facultés, sur toutes ses puissances. Voilà ce qu'on appelle la liberté morale, la personnalité. Otez cette condition, et il n'y a plus pour l'homme ni droit ni devoir. Cette condition n'est pas naturelle, elle est acquise, et non-seulement elle est acquise, mais elle ne peut l'être qu'au prix d'un travail long, constant et énergique. Cet empire sur soi-même existe plus ou moins, selon le genre d'éducation qu'on a reçue ou que l'on s'est donnée. Il y a telles personnes qui exercent un empire absolu sur leurs organes, et qui n'en ont aucun sur leurs facultés intellectuelles ; telles autres ont un empire absolu sur leurs facultés intellectuelles et n'en ont aucun sur leurs facultés morales. L'homme maître de toutes ses facultés est tout puissant sur la nature. L'homme, au contraire, qui n'a le gouvernement d'aucune de ses facultés n'a nulle puissance; c'est l'enfant, c'est le barbare, c'est l'homme sensuel et paresseux (1836-37).

La liberté n'est pas invariable; elle peut se développer indéfiniment. De ses développements indéfinis sont sorties ces différences, ces diversités qui ont marqué les diverses phases de la civilisation. L'extension de l'activité, de la liberté et son développement, établiront entre les générations à venir des différences analogues à celles qui distinguent les générations passées, parce que ce développement est indéfini.

La liberté et son développement est le but suprême de l'humanité; la raison elle-même n'est qu'un moyen pour y arriver. La raison n'existe que pour affranchir l'âme de la fatalité extérieure. La raison n'existe pas contre la liberté mais bien pour la liberté; c'est donc la raison qui, suivie et pratiquée, affranchit l'âme de tout ce qui met obstacle au développement de l'activité. La soumission volontaire de l'âme à la raison est donc la condition première de la liberté, et tant que l'âme n'est pas libre, elle est hors des conditions nécessaires à la connaissance et à la possession du vrai, du bien et du beau; elle est hors des éléments qui constituent la poésie et l'art; elle est inintelligente; car l'âme n'est intelligente que parce qu'elle est libre, et elle n'est libre que lorsqu'elle est raisonnable, *rationis particeps*.

La liberté est donc la condition de la beauté de l'âme, de sa plénitude, de sa perfection. La liberté est la vie même de l'âme, et lorsque l'âme jouit pleinement de sa vie, qui consiste proprement dans sa communication avec la raison, elle est naturellement dans l'état de beauté et de poésie qui lui convient (1842-43).

§ 30.

De cette démonstration de la liberté il résulte, en esthétique, que le poëte, l'artiste, l'écrivain doivent être nécessairement des hommes moraux, libres, n'obéissant qu'aux inspirations de la raison (1841-42).

§ 31.

Lorsque la vie morale, fruit de la liberté morale est développée chez un peuple ou qu'elle y existe dans des proportions inégales, les lettres, les arts, les sciences y fleurissent dans des proportions semblables.

§ 32.

QUELLES SONT LES CONDITIONS PARTICULIÈRES DU DÉVELOPPEMENT DE LA POÉSIE, DE LA LITTÉRATURE ET DES ARTS?

Les conditions particulières ou mieux individuelles, sont :

1° Le génie ;

2° Le goût ;

3° L'amour de l'infini, de Dieu ;

4° Le développement de l'activité et de la sensibilité.

Ces quatre conditions individuelles sont subordonnées aux deux conditions générales dont on vient de parler.

§ 33.

QU'EST-CE QUE LE GÉNIE ?

Lorsque l'âme est en communication avec la raison,

elle est nécessairement dans un état que nous avons appelé enthousiasme.

L'enthousiasme suit l'inspiration.

L'inspiration c'est la vision intérieure de l'idéal. C'est elle qui constitue le génie.

Le génie est une conséquence de l'action de la spontanéité. C'est celui qui trouve tout par la raison (1841-42).

§ 34.

QU'EST-CE QUE LE GOUT?

Le goût est la raison en tant que jugeant, et non plus en tant qu'inspirant le beau. Il est au beau ce que la méthode est au vrai; il guide l'inspiration; il la juge. Dès que l'inspiration abandonne l'âme, le goût suspend aussitôt ses fonctions, le goût créateur, le goût comme faculté.

Il est une autre forme du goût qui consiste dans le sentiment du beau réalisé. C'est le goût de la critique (1841-42).

§ 35.

DE L'AMOUR DE L'INFINI.

L'amour du beau, de l'infini, de Dieu, n'est point indépendant du génie et du goût, dont il est une conséquence naturelle; mais il peut exister comme sentiment, en dehors de la présence de la raison dans l'âme, en dehors de l'inspiration. Nous le considérons ici comme loi de l'esprit humain, qui a reçu de Dieu le don d'aimer tout ce qui sert à son développement, à son bonheur.

§ 36.

DÉFINITION DE CETTE LOI.

L'amour du beau est une loi admirable, par laquelle l'âme est déterminée à provoquer l'action de la raison, l'action de la spontanéité, l'action de l'idéal. Par cette puissance d'aimer, l'âme aspire vers le beau, et pousse toutes ses facultés à s'associer en commun pour amener la présence de la raison dans la sphère de l'ordre moral. Par cette même puissance, elle s'attache de toutes ses forces, soit à l'inspiration elle-même, soit à l'objet que produit l'action de la spontanéité.

Cette loi, qui possède une énergie irrésistible, peut être mise aussi en jeu par le sentiment du beau réalisé. Elle a contribué dans une mesure inappréciable, à former les grands poètes et les grands artistes de l'humanité (1841-42).

§ 37.

DU DÉVELOPPEMENT DE L'ACTIVITÉ ET DE LA SENSIBILITÉ.

L'activité est la faculté en vertu de laquelle l'âme a l'initiative de ses actes, en vertu de laquelle l'âme est cause, libre, personnelle (§ 29, art. II). C'est cette faculté qui constitue le moi ; l'être qui se modifie où qui modifie le monde extérieur librement, volontairement, suivant ou contre les lois qui lui sont proposées. L'activité est le contraire de ce qu'on appelle en physique inertie.

Comme cause des opérations et des déterminations de l'âme, elle peut être subdivisée en plusieurs causes partielles, en plusieurs modes d'action qui peuvent être appelés les formes de l'activité. Ces formes prennent le même nom que les actes. Ce sont, dans leur ordre de développement : l'attention, la comparaison, l'abstraction, la généralisation, la mémoire, l'imagination et le raisonnement. Dans notre langue, ces termes expriment tantôt des actes, tantôt des résultats, tantôt des causes ; ici, ils ne désignent que des facultés dont l'ensemble constitue l'activité.

§ 38.

DE L'ATTENTION.

Le mot attention vient du latin *ad tendere*. Il désigne la direction de l'activité vers un même point, vers un même objet, soit interne, soit externe. L'attention est donc l'activité en exercice, concentrant toute son énergie et toute sa force pour arriver à la connaissance d'un fait interne ou externe. Elle est donc toujours libre et volontaire, toujours personnelle ; jamais elle n'a d'autre ressource que le principe pensant lui-même ; les objets extérieurs, les phénomènes de la conscience sont une occasion du développement de l'activité ; mais ils n'en sont pas la cause réelle. Est attentif qui veut. L'attention a donc sa source dans le moi exclusivement, dans la liberté, dans l'activité; mais elle n'est pas l'activité tout entière. L'attention n'a lieu que lorsque l'activité se concentre, se contient, se domine et se règle elle-même.

L'attention est la condition première de toute idée, soit sensible, soit intellectuelle, soit rationnelle. Sans attention, il peut y avoir sensation ; mais il n'y a point d'intelligence. Les idées sensibles les plus vulgaires, celles de son, de couleur, etc. ne se sont formées en nous qu'au moyen de certains actes d'attention dont il ne nous reste aucun souvenir ; et il n'est aucune de ces idées, que l'habitude nous fait regarder comme naturelles et innées, qui ne nous ait coûté les mêmes efforts qu'il nous faut faire à un âge plus avancé pour acquérir ce qu'on appelle des idées scientifiques.

Si au lieu de rester passif sous l'action des objets le moi développe son activité, si après avoir reçu la sensation du dehors, déployant son activité, il dirige ses organes vers les objets qui l'affectent, en un mot s'il *observe*, alors apparaît un nouveau phénomène : la perception. La perception est l'apparition de tout phénomène, de tout rapport, de toute manière d'être quelconque dans l'activité, dans le moi. Elle est le premier élément de l'intelligence ; elle introduit auprès de la connaissance, elle éclaire l'esprit des premiers rayons intellectuels. Tant que l'attention s'est dirigée sur le monde extérieur, l'homme ne connaît qu'une classe de phénomènes, les phénomènes sensibles. L'attention, ainsi dirigée, prend le nom *d'observation*, parce qu'elle fixe en quelque sorte sous son regard les objets extérieurs qui produisent en elle des sensations. Le mot *observation* vient du latin *ob servare*, retenir devant soi, arrêter longtemps devant soi. Peu à peu, et par une suite des lois de la nature humaine, l'attention se retire du monde extérieur, et se concentre sur les actes mêmes produits par le moi, sur les phénomènes de conscience. L'attention dirigée sur ces nouveaux faits amène de nouvelles idées : les idées intellectuelles, c'est-à-dire la connaissance du monde moral ; elle prend alors le nom de *réflexion*, parce qu'alors l'âme se replie, se réfléchit en quelque sorte sur elle-même. Quand l'attention s'est repliée sur les faits de conscience, quand elle les a étudiés avec le même soin que les faits extérieurs, un à un, successivement, ces faits nous paraissent alors aussi clairs, aussi manifestes que les phénomènes sensibles. La clarté et la distinction des idées dépendent en général de cet exercice de l'activité, suivant laquelle l'étendue de l'esprit est plus ou moins limitée (1836-37).

§ 39.

DE LA COMPARAISON.

La seconde opération, nous l'appelons comparaison, parce que dans cet acte, l'esprit cherche à saisir non plus un seul et même objet, mais deux objets pour découvrir leurs rapports, c'est-à-dire leur ressemblance et leur différence. Comme l'attention, l'acte de la comparaison peut encore se diriger sur le monde extérieur ou sur le monde intérieur. Dans le premier cas, ce fait se désigne encore par le nom d'observation, et dans le second, par le nom de réflexion.

Comparer, c'est déjà un acte intellectuel plus élevé, plus compliqué que la simple attention, et il donne des résultats plus importants. L'attention sans la comparaison serait insuffisante pour arriver à déterminer les manières d'être des êtres. L'esprit humain n'apprend qu'en distinguant. Toute science n'est qu'une suite de distinctions, et la distinction est impossible sans la comparaison, c'est-à-dire sans le rapprochement de deux objets dont on veut trouver les similitudes ou les oppositions. L'idée qui apparaît à la suite de l'attention est une idée empirique, celle d'une manière d'être ; l'idée qui suit la comparaison est une idée relative, celle d'un rapport (1846-47).

§ 40.

DE L'ABSTRACTION.

L'abstraction consiste à séparer par la pensée une propriété d'un être, les manières d'être et les rapports découverts par les précédentes opérations de l'être auquel ils appartiennent, pour les étudier exclusivement. L'idée qui résulte de cette opération a reçu le nom d'idée abstraite et même d'abstraction. Cette idée fait connaître une ou plusieurs propriétés, isolées de toutes celles avec lesquelles elles existent dans l'ordre des réalités. Ainsi, comme opération, l'abstraction détache, pour ainsi dire, les propriétés des êtres, et les tire les unes des autres : de là le mot abstraction (*ab trahere*), appliqué soit à l'opération, soit au résultat de cette opération. L'abstraction ne s'arrête pas à ce premier travail. Après avoir isolé les propriétés d'un être les unes des autres pour les observer exclusivement, elle considère les divers points de vue, les divers aspects de chaque propriété ; elle fait ensuite sur chacun de ces points de vue de nouvelles distinctions, de nouvelles abstractions, qui n'ont d'autre borne que la patience même de l'esprit humain.

Ainsi, par exemple, un corps étant donné, l'esprit humain étudie successivement et individuellement chacune de ses propriétés, sa couleur, sa forme, sa structure, son odeur, sa pesanteur et ainsi de suite ; puis, il s'arrête à une seule de ses propriétés, dans laquelle il découvre des points de vue nouveaux ; l'étendue, par exemple, dans laquelle il aperçoit hauteur, longueur et largeur. Il s'arrête à un seul de ces points de vue, à la longueur, par exemple. Il la sépare mentalement des deux autres et il arrive à une abstraction, c'est-à-dire à une longueur sans largeur ni profondeur. Cette abstraction, il l'appelle ligne, où il ne considère qu'une propriété, le point. C'est ainsi que par un travail successif, chaque idée donnée primitivement par l'expérience et analysée par l'esprit humain, donne lieu à une multitude de nouvelles idées, au moyen desquelles l'esprit humain, sans sortir de lui-même et sans le secours des sens, arrive à découvrir les réalités phénoménales ou substantielles qui dépassent la sphère de l'expérience. L'abstraction, comme on le voit, est le principe générateur de toute science ; sans elle, nulle théorie n'aurait jamais existé. Toute clarté dans les idées dérive de cette opération. Plus les idées sont abstraites, plus elles sont simples et par conséquent plus elles sont claires. La Romiguière a remarqué avec raison qu'on avait tort de regarder les sciences abstraites comme des sciences obscures ; il fallait ajouter que les idées abstraites ne sont claires que pour ceux qui les possèdent, et qu'on ne les possède qu'autant qu'on fait le travail sans lequel ces idées ne peuvent exister.

Si les abstractions sont la source de toute lumière et de toute vérité scientifique, il faut ajouter aussi qu'elles sont pour bien des personnes la source des plus grossières erreurs, tant dans l'ordre des opinions vulgaires que dans celui des connaissances scientifiques.

Les abstractions prises pour des êtres réels (1), puis personnifiées, puis enfin déifiées, ont été les sources d'une foule d'erreurs célèbres. Les créations abstraites de l'esprit humain se retrouvent pour le premier cas dans les sciences. Il n'en est aucune de ces dernières,

(1) Voici des noms d'abstraction réalisée : la MORT, la SAGESSE, la PEUR, le SILENCE, etc. *Je brave la mort* est une abstraction réalisée. Dans cette phrase : *la Mort s'avance à pas lents, elle est impitoyable*, la Mort est personnifiée. Nous personnifions de même la Raison, le Goût, le Génie, le Naturel, les Passions, etc. Les noms des objets réels furent les premiers noms ; les autres noms ne furent que des noms d'adoption, des noms abstraits. Les mots composés représentent presque tous des idées abstraites. Les noms physiques ont été appliqués aux objets réels, et les noms métaphysiques aux idées abstraites.

(Note prise au Cours de Philosophie, année 1836-37.)

même aujourd'hui, où l'on ne prenne encore pour des réalités ce qui n'a aucune existence hors de l'ordre idéal. Pour le second cas, elles sont particulières à l'esprit poétique qui a peuplé le monde d'êtres imaginaires, d'êtres abstraits qui n'existent et n'ont jamais existé que dans l'imagination. Enfin, pour le troisième cas, elles ont été l'erreur générale du genre humain ; elles ont donné naissance à tous les systèmes religieux autres que le judaïsme et le christianisme, et particulièrement au polythéisme (1836-37).

§ 41.

DE LA GÉNÉRALISATION.

Lorsque l'esprit, d'après les opérations précédentes, a perçu un phénomène ou un rapport, et qu'il a abstrait ce phénomène et ce rapport, il produit une nouvelle opération, qui consiste à étendre l'idée de ce phénomène ou de ce rapport à des êtres qui ne sont plus, ou qui ne sont pas encore, ou qui existent, mais qu'il n'a point encore observés. Généraliser, c'est donc affirmer d'un nombre indéterminé d'individus, ce qui a été découvert dans un seul ou dans quelques-uns seulement. Il est facile de se convaincre que l'homme ne peut jamais observer qu'un petit nombre d'individus, quelque soit l'objet de son étude ; et cependant l'homme affirme ce qu'il a découvert d'une manière générale et absolue. Ainsi, lorsque l'âme s'étudie elle-même, et qu'elle découvre certains caractères dans les sensations, elle ne se borne pas à dire : « Mes sensations ont tels caractères ; » mais elle affirme que toute sensation, quelque soit l'individu qui l'éprouve, porte les mêmes caractères (1846-47).

L'idée qui résulte de cette opération a reçu le nom d'idée générale.

S'il n'existait point d'idées abstraites, il n'y aurait point d'idées générales. L'idée générale n'est que l'idée abstraite considérée dans son application, comme l'idée abstraite elle-même n'est que l'idée générale considérée dans son origine. Cependant toute idée générale, en tant qu'axiôme, n'est point abstraite, c'est-à-dire n'est pas le résultat d'une opération de l'âme, mais est donnée immédiatement et primitivement par la raison (1836-37).

Les idées générales deviennent une source d'erreurs toutes les fois que la généralisation n'est point faite selon certaines règles qui appartiennent à la logique (1847). Mais on peut dire que l'extension d'un jugement, relatif à un être, faite à plusieurs autres êtres, a sa cause dans la raison, et que la raison est la faculté génératrice de la généralisation qui dans le moi, n'est qu'une simple opération (1836-37).

§ 12.

DE LA MÉMOIRE.

La mémoire est l'opération qui fait renaître dans l'esprit humain les idées précédemment acquises par les opérations dont nous venons de parler. Sans la mémoire, toutes ces opérations seraient sans effet durable, puisque l'idée disparaîtrait aussitôt qu'elle aurait été créée.

Il y a autant de sortes de mémoire qu'il y a de causes diverses qui peuvent produire le fait de la réapparition des idées. L'association des faits de conscience (§ 21, art. I) peut être considérée comme une sorte de mémoire, et à proprement parler, c'est la plus générale dans le sens propre du mot.

Une fois qu'une idée a été produite, l'activité seule a le pouvoir de la faire surgir de nouveau, de l'évoquer à son gré, et de la faire poser devant elle aussi longtemps qu'elle le veut. Ce pouvoir du moi, c'est précisément la mémoire. Elle est plus ou moins étendue, forte et puissante, selon que l'attention a été plus ou moins énergique lors de la première acquisition de l'idée. Mieux le moi a perçu, mieux il se souvient.

Nous admettons deux espèces de mémoire : la mémoire organique, commune à l'homme et à l'animal, et qui n'est qu'une association de faits sensibles ; la mémoire intellectuelle, opération de l'esprit humain et qui n'appartient qu'à l'homme (1836-37) (1).

(1) Je transcris ici une note très remarquable que je trouve dans les cahiers de l'année 1836-37. Elle a été écrite presque tout entière sous la parole, sous l'improvisation de M. Noirot. On sait combien cette parole pénétrante retentit, longtemps encore après qu'elle a cessé, dans l'esprit et dans l'âme des élèves attentifs.

« La mémoire, comme opération, est indispensable : elle est le résultat du travail de toutes les autres opérations : elle est la source des matériaux, ou mieux le dépôt de tous les éléments dont le rai

§ 43.

DE L'IMAGINATION.

L'imagination est l'opération par laquelle le moi combine les idées acquises, conservées par la mémoire,

sonnement se sert pour opérer avec succès. Pour bien raisonner, il faut voir nettement les éléments du raisonnement.

« Un homme, doué d'une grande mémoire intellectuelle est un homme qui a beaucoup travaillé et qui a reçu de Dieu la récompense de ses travaux. Dieu, en effet, en lui donnant la faculté de conserver son travail dans sa pensée, le récompense de ses efforts, de ses recherches, de ses combinaisons, en un mot, de son attention. Plus l'homme est attentif, plus sa mémoire s'enrichit, et plus est visible l'action de Dieu sur lui. Les poètes ont la mémoire très vaste, parce que l'apparition de la raison dans leur âme y laisse des vestiges à jamais ineffaçables, et que l'activité peut évoquer devant elle par un acte d'attention le souvenir de l'inspiration.

« La faiblesse de la mémoire intellectuelle prouve que l'activité s'est peu exercée; elle constitue un inconvénient grave pour l'avancement des idées, pour le perfectionnement de l'intelligence; elle est le résultat ordinaire de la paresse. Le défaut d'attention est un obstacle insurmontable dirigé contre la mémoire, et ce qui distingue surtout le paresseux, c'est son inattention, son irréflexion. Or, comme l'attention est une opération libre et qu'il ne dépend d'aucun instituteur de donner de l'attention, il en résulte que c'est librement que le paresseux abdique ses facultés personnelles et que pour ce péché Dieu le punit en frappant d'inactivité son intelligence. La Bible et tous les Catéchismes mettent la paresse au nombre des péchés capitaux; car la paresse est un témoignage irrécusable que l'homme ne remplit point la destination que Dieu lui a assignée, c'est-à-dire qu'il ne fait pas usage de sa liberté pour son perfectionnement, et que dès lors il est coupable.

« Cette considération démontre avec évidence la nécessité, l'importance, le devoir pour chaque homme de développer sa mémoire intellectuelle. »

de manière à en former des groupes d'une autre nature que ceux qui résultent de l'expérience. L'imagination, comme la mémoire, n'agit plus sur les êtres mais sur les idées. Imaginer, c'est disposer des idées acquises dans un certain ordre selon les besoins de l'esprit. Le résultat de l'imagination prend un nom particulier ; il s'appelle fiction dans l'ordre des études littéraires, hypothèse dans l'ordre des études scientifiques. Toute hypothèse n'est qu'une combinaison d'idées acquises par les premières opérations dont nous avons parlé (1846-47).

Sans la mémoire l'imagination serait nulle ; l'imagination, si étendue qu'elle soit, ne sort jamais des limites de l'expérience. Nous ne créons rien dans l'ordre intellectuel non plus que dans l'ordre physique, si par création on entend la production d'un élément quelconque. Mais l'homme est doué d'un pouvoir de création indéfini, si par création on entend la combinaison des éléments donnés soit par la nature extérieure, soit par le principe pensant.

L'imagination est donc nécessaire à la création des sciences comme à celle des arts. Dans les sciences, elle combine les matériaux fournis par les opérations précédentes, et en fait sortir, au moyen du raisonnement, un résultat nouveau ; lequel combiné à son tour avec d'autres éléments, produit un autre résultat, et ainsi de suite. Les découvertes scientifiques sont l'œuvre de l'imagination ; les mathématiques entières ne sont, en dernière analyse, qu'un résultat du travail de l'imagination. Cela est rigoureusement vrai. — Dans les arts et dans les lettres, l'imagination combine des phénomènes, des rapports, des faits, des actions, des formes, des sons avec des faits déjà acquis, absolument comme dans les sciences ; mais l'objet et le but sont différents. Dans les lettres et les arts, le but c'est l'idéal ; l'objet, c'est la création de rapports, de formes qui représentent le beau, l'infini (1836-37).

Il nous reste à dire que l'imagination est une source d'erreurs graves, lorsqu'elle n'est pas subordonnée à la raison et à l'observation. Au début des connaissances, l'esprit humain résolut tous les problèmes cosmologiques et noologiques en procédant par hypothèse ; il supposa des réalités en se demandant leur origine et leur nature, c'est-à-dire il franchit en quelque sorte ces idées et voulut nonobstant étudier les êtres en eux-mêmes. Il est évident, de prime-abord, qu'en commençant directement par l'étude de la nature des choses, la philosophie ne pouvait procéder que par l'hypothèse, puisque ni l'origine ni la nature des êtres ne sont du ressort de l'observation. L'hypothèse elle-même suppose quelquefois des données expérimentales. Chez les premiers philosophes, avant Socrate, les données étaient purement imaginaires ; c'étaient des principes abstraits, produits de l'imagination. Aussi, à son origine, la philosophie s'est égarée : 1° en ce qu'elle a voulu s'expliquer la nature et l'origine des choses, au lieu de commencer par les phénomènes et les faits ; 2° en ce qu'au lieu de procéder par observation, elle a procédé par voie d'hypothèse, et qu'au lieu de fonder les hypothèses sur des données expérimentales, elle les a fondées sur des principes abstraits et arbitraires (1832-33). Il en a été de même dans la physique et dans toutes les autres sciences. On n'arriva qu'à l'erreur.

Il arrive journellement encore qu'au lieu d'observer, de comparer, d'abstraire et de généraliser là où il le faut et de la manière dont il le faut, on bâtit sur des données imaginaires, fictives, hypothétiques, des échafaudages d'opinions qui s'écroulent au moindre examen. L'imagination n'est une opération légitime que lorsqu'elle a, pour éléments de combinaison, des faits et des phénomènes perçus convenablement par les cinq opérations que nous venons d'analyser.

§ 44.

DU RAISONNEMENT.

Le raisonnement est l'opération en vertu de laquelle l'âme découvre dans une idée donnée d'autres idées qui y sont renfermées implicitement. Elle suppose, comme la mémoire et l'imagination, des idées acquises par les premières facultés. Ces idées sont désignées en philosophie sous le nom de *principes*, du latin *principium*, parce qu'au moyen du raisonnement elles deviennent l'origine, la source d'autres idées qui elles-mêmes s'appellent *conséquences*, du latin *consequens*, parce qu'elles ne se produisent qu'à la suite des précédentes (1846–47).

Pour que le raisonnement obtienne un résultat légitime, il faut :

1° Que le principe dont on part soit vrai ;

2° Que la conséquence dérive réellement du principe ;

3° Qu'entre le principe et la conséquence se placent toutes les idées moyennes qui sont nécessaires pour établir leur relation d'une manière évidente, de sorte à communiquer à la conséquence l'évidence même du principe (1832-33).

Il ne faut pas confondre les principes avec les axiômes. Tout axiôme, ἀξίωμα, est un principe, mais tout principe n'est pas un axiôme. Les axiômes, autrement dits les principes rationnels, les conceptions, les idées nécessaires, ce qui constitue les croyances naturelles, sont toujours et invariablement vrais. Ils n'ont pas besoin d'être démontrés.

Les principes autres que ceux dont nous venons de parler, et qui sont le résultat du travail de l'esprit humain, peuvent être faux, et ils le sont toutes les fois qu'ils affirment autre chose que ce qui est, soit dans l'ordre des réalités physiques, soit dans l'ordre des réalités immatérielles. Ces principes s'appellent *contingents*.

Il y a deux classes de principes contingents : les uns sont dûs à l'expérience, à l'observation interne ou externe ; nous les appellerons pour cela *principes empiriques*. Ce sont eux qui constituent toutes les sciences positives, physiques ou morales. Les autres sont des combinaisons de l'esprit humain, appelés *principes hypothétiques* ou *abstraits*. Les sciences mathématiques se forment de cette classe de principes (1836-37).

Les principes empiriques ne sont vrais qu'autant qu'ils sont le résultat d'une observation exacte. Les principes purement hypothétiques sont toujours vrais dans l'ordre idéal, mais ils ne peuvent renfermer que des vérités logiques.

Dans l'ordre des sciences réelles, tous les raisonnements doivent reposer sur un principe d'expérience combiné avec un principe rationnel. Dans l'ordre des sciences abstraites le raisonnement doit reposer sur une définition. Les définitions sont des faits pour cet ordre de sciences. Un raisonnement y serait faux s'il était opposé à une définition.

Dans les sciences positives, soit physiques, soit sociales, soit esthétiques, une fois la vérité du principe reconnue, il en résulte que tout ce qui est vrai du principe, c'est-à-dire du genre ou de la loi, (tout principe est une idée générale, et toute idée générale est un genre ou une loi) ; il en résulte qu'on peut affirmer de l'espèce ou de l'individu tout ce qui est vrai du genre ou de la loi ; c'est-à-dire qu'on peut toujours conclure du général au particulier ou à l'individuel. Tout raisonnement suppose des connues et une inconnue. Un être est donné, je suppose, avec quelques-unes de ses propriétés ; il s'agit de déterminer ses autres propriétés, et cela est impossible par l'expérience ; alors on cherche une idée générale, genre ou loi, qui renferme les propriétés connues ou les données, et on conclut que les autres propriétés de l'être général ou du type, se retrouvent dans l'être particulier ou individuel. Le raisonnement implique donc la croyance à la stabilité des lois de la nature, et cette croyance est un principe rationnel (1832-33).

Une dernière observation est indispensable : il faut bien se garder de confondre le raisonnement avec la raison ; celle-ci est une faculté qui ne suppose pas nécessairement le raisonnement. Celui-là, au contraire, est une opération qui implique de toute nécessité le concours de la raison. La raison pure n'admet point l'erreur ; le raisonnement, au contraire, est faillible. Il résulte de là que tous deux peuvent être en opposition, et Molière a fait sentir cette vérité en mettant dans la bouche de Chrysale ces vers parfaitement justes :

Raisonner est l'emploi de toute ma maison,
Et le raisonnement en bannit la raison.
(*Femmes savantes*. II. 7.)

§ 45.

Il est évident, d'après l'analyse qui vient d'être faite des sept opérations de l'esprit humain qu'il faut développer l'activité ; car si l'activité reste à l'état latent, elle ôte à l'homme ce qui le distingue éminemment ici bas, la liberté (§ 29, art. II) ; et dès que l'homme n'est pas libre, il est un individu passif, inférieur à la bête qui, elle du moins, ne sort point des lois qui la gouvernent (1836-37).

§ 46.

DE L'ANALYSE ET DE LA SYNTHÈSE.

Ces opérations sont d'ailleurs soumises à un certain ordre indépendant de notre volonté. Lorsque l'attention, la comparaison, l'abstraction et la généralisation concourent à un certain résultat dans cet ordre, ces quatre opérations prises ensemble constituent ce qu'on appelle l'*analyse*. Lorsque l'esprit se sert simultanément de la mémoire, de l'imagination et du raisonnement pour arriver à une certaine connaissance, ce procédé s'appelle la *synthèse*. Ces deux méthodes doivent se compléter l'une l'autre, et ne peuvent jamais être interverties dans leur marche, à moins d'aboutir à l'erreur. L'analyse doit être employée dans toutes les sciences où l'observation est rigoureusement nécessaire ; la synthèse, au contraire, dans les sciences où l'on part des principes et des faits acquis pour en faire sortir les conséquences. Or, dans la poésie, dans les arts, dans les sciences esthétiques, c'est la synthèse qui est la méthode légitime ; c'est elle qui guide le génie ; c'est elle qui déduit des éléments fournis par la spontanéité toutes les idées et tous les phénomènes qu'ils renferment. En conséquence, c'est la méthode synthétique qui doit être particulièrement développée dans les hommes qui se livrent aux arts et à la littérature (1842-43).

§ 47.

DIFFÉRENCES ENTRE LA POÉSIE ET LA SCIENCE, DÉDUITES DES DIFFÉRENCES QUI DISTINGUENT LA SYNTHÈSE ET L'ANALYSE.

L'analyse est la voie de la réflexion, de l'expérience ; la synthèse est la voie de la spontanéité, de la création. Cette seule différence sépare déjà la science de la poésie.

L'analyse va de la réalité à la pensée par l'induction ; la synthèse part de la pensée pour aller à la réalité par déduction. La science choisit la première de ces deux voies; la poésie la seconde. La science ne sort point complète et entière du jeu des facultés; elle se forme successivement ; elle use, pour ainsi dire, un grand nombre de facultés, et cela pendant le cours de plusieurs siècles, avant de devenir un ensemble, un système de notions liées, démontrées, évidentes. La poésie, au contraire, ayant son essence dans le jeu spontané des facultés, mises en exercice par une cause supérieure, sans aucun appui factice, sort, comme Minerve du cerveau de Jupiter, toute faite, complète, sans avoir jamais besoin d'attendre plusieurs siècles pour acquérir toute sa force et toute sa maturité. La poésie était née et complète bien longtemps avant que les premiers investigateurs de la science fussent seulement parvenus à deviner de quels éléments le monde physique était composé. Homère a précédé de plusieurs siècles Thalès, Pythagore, Timée de Locres, Philolaus, Xénophane, Héraclite, Empédocle, Diogène d'Apollonie, Anaximène, Leucippe et Démocrite. Eschyle, Sophocle et Euripide ont vécu bien avant Aristote. Si l'histoire ne le prouvait surabondamment, la théorie seule le démontrerait avec évidence. La déduction, en effet, précède dans l'ordre logique l'induction ; l'imagination précède l'attention et l'observation. La synthèse prépare les éléments de l'analyse et la poésie marche en avant de la science en créant le langage et les idées, en explorant l'inconnu et en révélant ce qui doit être. Il faut cependant reconnaître que les savants de premier ordre, les créateurs dans l'ordre scientifique se sont toujours servis et se servent nécessairement de la déduction. Mais il est incontestable, en dernière analyse, que l'esprit humain parte du général (1) dans la déduction par la poésie et arrive au général par la science; de cette sorte le général est comme le double pôle entre lequel se meut l'intelligence de l'homme (1836-37 et 1841-42).

De là il résulte : 1° que la poésie est supérieure à la science; 2° qu'il y a plus de vérités dans la poésie que dans la science; 3° que la poésie est plus utile et plus importante que la science; 4° que la poésie répond aux sentiments et aux besoins de tous les hommes, tandis que la science ne s'adresse qu'à un petit nombre d'individus; 5° que la poésie, en un mot, révèle à l'humanité ce qui doit être, l'idéal, et que la science lui explique, souvent hypothétiquement, ce qui est. Or, c'est l'infini, l'idéal, la raison, qui importe à l'humanité, et non le fini, qui est périssable, passager, éphémère (1836-37).

§ 48.

DE LA SENSIBILITÉ.

Nous avons dit que l'activité est la faculté en vertu

(1) Il est utile de rappeler que « le général, comme élément de la « pensée, correspond aux conceptions, et comme élément de la « réalité, constitue les lois, les causes, les genres, les espèces. Le « particulier c'est d'une part l'élément nommé perception, et de « l'autre, les faits, les phénomènes, les effets, les individus. » (Cours de l'année 1836-37.)

de laquelle l'âme se modifie et modifie le monde extérieur librement, volontairement, par un acte dépendant de sa volonté; la sensibilité est, au contraire, la faculté en vertu de laquelle l'âme est modifiée par des causes indépendantes de son libre arbitre, et qui pour cette raison sont appelées fatales.

On doit distinguer la sensibilité morale, la sensibilité psychologique, et la sensibilité organique. La première est la faculté des sentiments, la seconde des sensations, la troisième des impressions. Bien que le terme de sensibilité soit ici commun à trois ordres de causes différentes, il n'en exprime pas moins, chaque fois qu'il est employé, une cause, une faculté distincte.

Les sentiments et les sensations sont des états, des manières d'être de l'âme, mais avec cette différence que les premiers ont leur source dans l'activité et dans la raison, et les secondes dans les modifications organiques. Egalement passifs, affectifs, variables, individuels, non représentatifs, les sentiments et les sensations se distinguent pourtant en ce sens que ceux-là sont indispensables au développement moral de l'âme, et que celles-ci sont nécessaires à l'existence du corps. En second lieu, les sentiments sont d'un ordre infiniment supérieur à celui des sensations, et sont proportionnés au développement intellectuel et moral. Il y a deux espèces de sentiments : les *affections* et les *émotions*. Les affections naissent de nos rapports avec les êtres libres, intelligents, et sont toujours spontanées. Les émotions naissent de la contemplation du spectacle des choses extérieures, et sont réfléchies. Le spectacle du monde extérieur n'est jamais qu'une source de sensations pour l'homme dont l'intelligence n'est pas développée ; il est une source de sentiments pour celui qui possède une connaissance plus ou moins variée, plus ou moins étendue des phénomènes, des rapports et des lois de ce monde extérieur. Mais les sentiments, si élevés et si profonds qu'ils puissent être, ne donnent jamais la connaissance d'aucune des causes qui les produisent ; c'est pour cela que nous les appelons non-représentatifs (*non re præsentantes*).

Les émotions sont en outre une source féconde d'éléments poétiques. La contemplation est effectivement l'état de l'âme en tant que celle-ci est absorbée par la beauté, c'est-à-dire, en tant que les facultés de l'âme sont dominées par le beau ; et le beau étant dans l'idée nécessaire pure, dans la présence de l'infini isolé de toute forme, il résulte de ce principe que la contemplation est la source des idées qui réveillent dans l'âme son amour naturel pour le beau, et produisent ainsi les sentiments-émotions. L'expérience nous confirme chaque jour que nulle émotion ne se développe en nous qu'à la suite d'une pensée. La vue de quelque grand objet produit nécessairement une sensation et même une série de sensations qui peuvent être infiniment variées. Mais dans l'homme qui pense, elle produit de plus une ou plusieurs émotions. Ces émotions sont le résultat de l'action de la raison qui se combinant avec celle de la loi et de l'amour du beau donne naissance à cet ordre de sentiments.

Les sentiments sont dans l'âme pour la forcer à vivre,

c'est-à-dire à penser. Ils s'élèvent ou s'abaissent comme les idées, et la sensibilité morale est en raison inverse de la sensibilité qui produit les sensations. Le développement de l'intelligence est accompagné parallèlement de celui des sentiments ; et ce double développement est indispensable à la prospérité des lettres et des arts.

Enfin la vie de l'humanité par les sentiments c'est la poésie ; la vie de l'humanité par l'intelligence c'est la science (1836-37).

§ 49.

CONSÉQUENCES IMPORTANTES ET GÉNÉRALES QUI RÉSULTENT DE L'ANALYSE DE L'ACTIVITÉ ET DE LA SENSIBILITÉ.

1° Le développement normal de l'activité et surtout des trois opérations, qui constituent la synthèse, amène à sa suite le développement de la sensibilité morale, et pour acquérir une source féconde de sentiments, il faut acquérir une source abondante d'idées ;

2° Pour être poète et artiste, il faut un développement d'activité et de sensibilité tel que l'âme soit vraiment âme, c'est-à-dire qu'elle soit belle. Or, l'âme n'est belle qu'autant qu'elle a toute sa liberté, toute son initiative, toute sa force productrice, et qu'en même temps elle est soumise volontairement aux prescriptions de la raison. Hors cette condition l'âme ne peut avoir ni poésie ni spontanéité (1836-37).

C'est avec une justesse remarquable que les anciens définissaient l'orateur : *vir bonus, dicendi peritus* ; homme de bien, habile dans l'art de la parole ;

3° En dernier lieu, l'association de la sensibilité, de l'activité et de la raison, sous la prééminence de celle-ci, constitue finalement le développement de l'esprit humain. De là, la nécessité inévitable de l'éducation, c'est-à-dire d'un système de moyens par lesquels on obtient ce développement.

§ 50.

Comme l'activité et la sensibilité extraient leurs éléments de la raison, il faut que ces deux facultés soient rendues aptes à ce travail; si jamais elles restaient à l'état latent, la raison ne révélerait plus ses conceptions à notre âme (1841-42). Tout le travail de l'esprit humain consiste à transformer les idées obscures et latentes en idées claires et actives.

§ 51.

QUELS SONT LES MOYENS DE DÉVELOPPER LES FACULTÉS DE L'AME?

Ces moyens, dont la science constitue proprementla Pédagogique, sont en général :

1° La religion et la vie morale ;
2° La culture des lettres;
3° Les arts ;
4° Les sciences (1).

(1) On n'a point abordé ici l'importante question des méthodes pédagogiques parce que ce n'est point ici sa place: elle sera traitée

§ 52.

QUEL EST LE BUT ESTHÉTIQUE DU DÉVELOPPEMENT DES FACULTÉS DE L'AME?

Lorsque l'âme possède par l'éducation la plénitude de son être ; lorsqu'elle suit sa loi, qui est la raison ; lorsque toutes ses facultés ont les caractères de la beauté, nous disons que l'âme est belle subjectivement. La beauté de l'âme est le terme esthétique de l'éducation (1836-37.)

§ 53.

QUELS SONT LES CARACTÈRES GÉNÉRAUX DE LA BEAUTÉ DE L'AME?

Ces caractères sont :

1° La tempérance,	dans les sensations.
2° La sincérité et la rectitude, La force, *fortitudo*, Le désintéressement, Le dévouement,	dans les sentiments.
3° La vérité et la grandeur,	dans les idées.
4° La conformité de la fiction avec l'idéal, La puissance,	dans l'imagination.
5° La conformité de la détermination et de l'acte intérieur avec la loi morale,	dans les déterminations (1).

avec toute l'étendue nécessaire dans un ouvrage spécial que nous collationnons en ce moment. J. DE R.

(1) Ce tableau est rédigé d'après des notes très-exactes. J. DE R.

§ 54.

La beauté de l'âme est donc un état psychologique pur ; la présence de l'idéal dans le for intérieur et l'apparition du beau dans la conscience morale communiquent également cette beauté subjective qui devient manifeste par un phénomène moral, par une émotion , dont l'effet est de révéler immédiatement à l'âme la modification qui la transforme. Cette émotion peut être plus ou moins vive ; lorsqu'elle est très-forte, elle reçoit le nom de *transport*. (Voyez *Platon* dialogue intitulé *Ion*). (1836-37.)

§ 55.

L'association de l'idéal avec les émotions qui se produisent à la suite de l'inspiration constitue proprement la poésie subjective, le beau intérieur. La raison et le cœur sont les deux sources nécessaires de toute poésie et de tout art qui méritent ces noms.

§ 56.

Hors de cette condition de toute poésie durable et légitime , l'on ne peut être ni poëte, ni écrivain, ni artiste. Il n'y a point d'artifices, point de systèmes , point de procédés industrieux qui puissent tenir jamais la place de l'idéal et du cœur. La versification la plus riche, les combinaisons de périodes et de rhytmes les plus savantes, la régularité, l'alternation, la justesse des rimes les plus flatteuses et les plus irréprochables n'ont jamais produit la poésie. On peut être bon versificateur et n'avoir aucune poésie dans l'âme, et il y a eu de très-mauvais versificateurs dont l'âme était inondée de poésie (1841-42).

De même on peut être poète sans être écrivain. Tout le monde peut éprouver, tous les hommes éprouvent en effet, à différents degrés, la présence de l'idéal et les émotions qui l'accompagnent. Mais tous ne sont pas en état d'exprimer cet idéal et ces émotions. Le don de l'expression est même fort rare, parce qu'il dépend d'une réunion de circonstances qui ne peuvent toujours se réaliser.

On ne saurait être poète et écrivain tout ensemble en dehors de l'action de l'idéal, de l'action de la sensibilité morale, et du développement des facultés de l'âme ; en un mot, mais en un mot qui résume tout ce qui vient d'être dit, pour être poète et artiste à la fois, il faut de toute nécessité que l'on ait une belle âme, exercée à l'art de la parole, *bonus animus, dicendi peritus*. L'homme, doué de cette âme, c'est le *nil mortale sonans* de Virgile, c'est le *vates* qui révèle l'infini et qui *exprime* ce qui doit être (1841-42).

§ 57.

LE POÈTE ET L'ARTISTE PARFAIT EXISTE-T-IL ICI-BAS, OU EST-IL POSSIBLE, HUMAINEMENT PARLANT?

Par une suite des lois primordiales de la création, et en vertu des éléments essentiellement contingents qui entrent dans l'organisation spirituelle de l'homme, il arrive que les facultés ne parviennent point à cet équilibre parfait, à cette plénitude de l'être que l'idéal leur représente. Dieu seul est parfait; mais les facultés peuvent atteindre à des degrés plus ou moins élevés dans l'échelle qui conduit à la perfection; et le devoir de l'homme est de s'efforcer d'y monter aussi haut que possible. Il s'est rencontré des hommes, révérés et aimés de l'humanité, qui ont, dans des mesures très étendues, réalisé cette association sublime de la raison et du cœur, aidée par un admirable talent d'expression. Ces hommes sont les poètes de l'humanité; ils sont rares; ils sont aussi parfaits qu'il est possible de l'être à de faibles mortels; ils ont rendu à la société les plus grands services qu'on puisse lui rendre : ils lui ont révélé l'infini.

§ 58.

QU'EST-CE QUI CONSTITUE ICI-BAS LES DIFFÉRENCES QUI SÉPARENT LES POÈTES ET LES ARTISTES LES UNS DES AUTRES?

De ce que la perfection est impossible ici-bas, il résulte que les poètes et les artistes, qui sont plus ou moins approchants de la perfection, se distinguent les uns des autres par des caractères, des qualités, des tendances, des manières de voir et d'exprimer différentes, et plus ou moins en rapport avec les modèles primordiaux et invariables du beau. Suivant les circonstances de la vie, l'éducation, les diverses et innombrables influences qui nous accompagnent et nous modifient sans cesse, l'âme possède des facultés développées les unes plus et mieux que les autres. Il se fait alors en elle une sorte d'évolution qui donne aux facultés les plus favorisées la prééminence sur celles qui le sont moins, et qui met en relief les aptitudes et les capacités. En vertu de la loi des sympathies et des prédilections, qui n'est qu'une forme de la loi de l'association des faits moraux, l'âme porte alors de préférence telle de ses facultés vers tel des objets d'étude, de contemplation ou d'intuition qu'il lui plaît. C'est ainsi qu'il se fait que chez les poètes, les écrivains, les artistes, les uns sont supérieurs par le sentiment, les autres par l'imagination, d'autres par les idées; qu'en second lieu, le sentiment domine sur la raison chez les uns, la raison sur le cœur chez les autres, et qu'enfin les uns sont plus poètes qu'artistes, les autres plus artistes que poètes.

Chez les anciens, Homère a plus d'imagination, Virgile plus de sentiments; Lucain, moins artiste qu'eux, est plus poète. Dans Platon, la raison domine, mais exprimée par des images.

Chez les modernes, chez nous, Bossuet représente l'équilibre de toutes les facultés à un très haut degré. Fénelon est aussi grand poète que grand artiste; Châteaubriant est plus artiste que poète; Voltaire n'a point eu le sentiment de la poésie; la *Henriade* n'est que de la politique en vers. Delille, avec beaucoup de poésie dans l'âme, n'en a mis que peu dans ses ouvrages. Mallebranche a exprimé la raison, sans allégories, sans métaphores, sans figures; il a employé le style scientifique (1).

§ 59.

DIFFÉRENCES ANALOGUES DANS LE LANGAGE.

Or, la poésie (terme général qui exprime toutes les idées, tous les phénomènes moraux qui se rapportent à l'idéal, au beau), n'est autre chose que la pensée spontanée, et comme la pensée n'est qu'une combinaison d'idées qui ne peut avoir lieu qu'à la condition du langage, il en résulte que la poésie n'est point possible sans le langage (V. art. I, § 25).

Comme nous venons de reconnaître que, même dans une âme développée à un degré très avancé, il y a des facultés plus puissantes les unes que les autres, et des prédilections qui déterminent les caractères particuliers et saillants de la poésie subjective, la même influence s'exercera sur le langage qui portera en lui les caractères de la faculté dominante et des sympathies individuelles de l'âme.

§ 60.

QUELS SONT EN GÉNÉRAL LES CARACTÈRES DES FACULTÉS DOMINANTES ET PAR CONSÉQUENT DU LANGAGE CORRESPONDANT?

Le langage étant inséparable de la poésie, et la concep-

(1) Pour ce dernier aliéna je n'ai eu que des notes exactes mais non développées. (Cours de l'année 1846-47.) J. DE R.

tion poétique pouvant s'associer avec toutes sortes d'idées contingentes, il en résulte :

1° Que cette conception associée avec une idée sensible, avec un sentiment, produira la passion, et le langage sera passionné ;

2° Que cette conception associée avec une idée d'observation, soit empirique, soit abstraite, soit généralisée, produira la comparaison, et le langage sera figuré ;

3° Que cette conception associée avec une idée hypothétique, avec l'imagination, produira la fiction, et le langage sera imagé ;

4° Que cette conception associée avec une idée-souvenir, avec la mémoire, produira la réminiscence, et le langage sera imitatif ;

5° Que cette conception associée avec le raisonnement, avec les idées déduites, produira le plan, la disposition, l'ordre des parties, et le langage portera tous les caractères qui distinguent le raisonnement ; nous l'appelons le langage logique (1841-42).

§ 61.

De là, il résulte que si la première de ces cinq sortes d'association domine dans l'âme, le langage sera en général passionné, pathétique ; que si c'est la seconde, le langage sera généralement figuré ; que si c'est la troisième ou la quatrième, le langage sera imagé ou imitatif ; qu'enfin si c'est la dernière, le langage sera logique. L'équilibre de ces cinq associations est fort rare, et peut-être Bossuet et Lafontaine sont-ils les seuls génies qui l'aient réalisé (1841-42).

§ 62.

Si cet équilibre est rare, même dans un degré inférieur, il ne doit jamais non plus exister une disproportion trop sensible dans une œuvre de poésie et d'art, entre telle et telle de ces cinq associations. Elles doivent toujours coexister dans des proportions appréciables. Lorsqu'elles coexistent dans un rapport tel que les proportions inférieures cadrent avec les proportions supérieures, il y a proprement *harmonie*. Il doit toujours y avoir accord entre ces cinq sortes d'association.

§ 63.

QUELLES SONT LES LOIS QUI DOIVENT GOUVERNER LES FACULTÉS DOMINANTES DE L'AME POUR QUE L'HARMONIE EXISTE ?

Ces lois sont les lois de l'unité, de l'ordre, de la variété.

L'harmonie n'étant rien autre que la succession proportionnelle des idées, des faits, des signes, la première condition de son existence, c'est l'unité.

En vertu de l'unité, cette succession de phénomènes et de signes concourt à un seul et même but, en partant d'un point déterminé pour aboutir à un but également déterminé.

L'ordre est proprement la distribution même, logique et esthétique, des faits, des idées, des signes qui forment cette succession; le tout disposé avec méthode et suivant le mode naturel de leur développement. Cette distribution n'est possible qu'à la condition antérieure de l'unité.

Ainsi, il y a unité dans l'Iliade, parce que toutes choses y concourent au même but : il y a de l'ordre parce que ce but est obtenu moyennant une succession de faits, d'idées, de sentiments et de signes disposés avec méthode, avec un art naturel, avec une vigoureuse déduction.

L'unité et l'ordre sans la variété ne seraient plus que de l'uniformité et de la régularité. Mais la variété sans l'unité et l'ordre ne serait non plus que de la confusion.

La variété consiste dans un mélange harmonique de passions, de fictions, de comparaisons, d'images, de réminiscences qui peuvent être combinées d'une infinité de manières; mais qui n'ont de valeur esthétique qu'à la condition de l'unité et de l'ordre.

Lors donc que dans une œuvre de poésie ou d'art se trouvent réunis dans des proportions plus ou moins parfaites: l'unité, l'ordre, la variété, il y a harmonie, il y a beauté. Cette beauté est essentiellement relative. Il faut, pour qu'elle soit plus ou moins approchante de la perfection, que le génie y marque l'empreinte ineffaçable de l'inspiration; il faut que l'infini s'y révèle et que la spontanéité apparaisse constamment au milieu du travail de l'activité.

L'unité, l'ordre, la variété supposent dans l'ame du poète:

1° La rectitude des sentiments;

2° La conformité de la fiction avec l'idéal;

3° La justesse des images;

4° La fidélité des réminiscences;

5° L'habitude de suivre les prescriptions de la loi morale.

Hors de ces cinq conditions, il peut y avoir une harmonie factice, une harmonie artificielle; mais il ne peut jamais y avoir cette divine harmonie qui est comme l'accord des différentes facultés de l'âme développées et s'exerçant selon les règles de la raison.

§ 64.

Les poëtes mettent quelquefois dans leurs ouvrages de mauvaises actions; mais c'est dans l'intention de faire mieux et plus vivement sentir les émotions qui naissent en nous à la vue ou au récit des belles actions et des grandes choses. Mais si ce but n'est pas atteint par un auteur qui met en scène de mauvaises actions; s'il ne fait pas haïr le vice et aimer la vertu, il n'est ni

poète, ni artiste ; c'est un homme qui commet une mauvaise action ; tout ouvrage dirigé contre la morale étant une mauvaise action (1846-47).

§ 65.

FORMES INTERNES DU BEAU SUBJECTIF.

Le beau subjectif prend différentes formes qui n'ont rien d'absolu, quant à leur origine, et qui dépendent pour leur naissance des facultés mêmes de l'âme. Nous avons dit que l'équilibre parfait des facultés s'est rarement rencontré, et que de secrètes sympathies inclinent le plus souvent telle faculté plus que telle autre et lui donnent la prééminence et même la domination sur toutes les autres. Il se produit ainsi dans l'âme une véritable hiérarchie où les facultés sont classées d'après l'ordre de leur développement accidentel. Cette hiérarchie a pour parallèle une hiérarchie analogue de langages, accompagnée d'une série de formes dont le beau se revêt dans l'intérieur même de l'âme.

Cette série de formes peut-être ainsi classée en dénommant le beau par le mot général poésie : 1° la poésie lyrique ; 2° la poésie épique ; 3° la poésie dramatique ; 4° l'éloquence.

Nous avons décrit les trois premières formes de la poésie (art. II, § 18). Lorsque la poésie lyrique domine dans l'âme et que les autres y demeurent à l'écart, le langage sera lyrique ; lorsque la poésie épique domine le langage sera épique ; enfin lorsque la poésie dramatique est la plus puissante, le langage sera ou tragique, ou comique, ou tragi-comique.

Le langage lyrique de même que le langage épique et le langage dramatique rentrent sous la loi de l'association de la conception avec les idées contingentes (art. II, § 60), et peuvent être par conséquent passionnés, figurés, imagés, imitatifs, dans des proportions égales au développement des facultés.

Rien n'offre sous ce rapport une œuvre plus remarquable que les poëmes d'Homère. Le langage éminemment épique est à la fois passionné, figuré, imagé, imitatif, dans les proportions nécessaires et suivant les exigences du sujet, le tout avec une entente parfaite des degrés, des nuances, des couleurs, de la justesse, de l'harmonie générale. De même chez Sophocle le langage est essentiellement tragique, mais il est associé dans une mesure intelligente avec les passions, les figures, les images, les réminiscences; rien ne blesse dans l'ensemble ni les sens ni l'âme.

§ 66.

DE L'ÉLOQUENCE.

L'éloquence est la forme de la poésie lorsque la spontanéité passe à la réflexion. Dans l'ordre chronologique elle ne vient qu'après le développement de la poésie dramatique. Les grands orateurs grecs sont postérieurs aux tragiques et aux comiques de l'Hellade. Démosthènes, le plus grand des orateurs, est venu après Eschyle, Sophocle, Euripide, Aristophane. De ce que l'éloquence n'est que la poésie passant à la réflexion, au raisonnement, il résulte qu'elle tient et de la poésie qu'elle quitte et de la réflexion qu'elle aborde. Il ne peut y avoir éloquence sans poésie, c'est-à-dire sans spontanéité, sans inspiration, mais il ne peut non plus exister d'éloquence sans logique, bien que la logique ne conduise pas nécessairement à l'éloquence.

§ 67.

ÉLÉMENTS DE L'ÉLOQUENCE.

Il faut donc distinguer dans l'éloquence deux éléments : un élément poétique qui représente le sentiment, l'imagination, l'idéal, et un élément logique qui représente le raisonnement.

§ 68.

QU'EST-CE QUE LE DISCOURS?

Tout raisonnement, considéré comme opération intellectuelle, est un et identique avec lui-même. Considéré dans ses formes qui sont infiniment variées, il peut être ramené à une forme essentielle et fondamentale, et réduit à trois jugements ; mais il ne saurait jamais l'être à moins ; et lorsqu'il se trouve en apparence réduit à deux dans ce qu'on appelle enthymême, il y a un jugement de sous-entendu dans l'expression, bien qu'il existe nécessairement dans la pensée. Dans ce jugement : « je pense donc, j'existe, » la conclusion suppose nécessairement ce jugement sous-entendu : « tout « ce qui pense existe. »

Le raisonnement réduit à trois propositions, à trois énoncés, s'appelle *syllogisme*. Les deux premières propositions sont les prémisses, la dernière est la conclusion du syllogisme. La conclusion contient deux termes : le *grand terme* ou *attribut* qui a plus d'extension que le sujet, et le *petit terme* ou *sujet*. Chacun de ces termes est comparé dans les prémisses avec un troisième terme qu'on appelle *moyen terme* qui sert d'intermédiaire entre les deux extrêmes, de sorte que le grand terme est toujours l'attribut de la conclusion, que le petit terme en est le sujet, et que le moyen terme exprime le rapport indissoluble qui lie le sujet et l'attribut de la conclusion. Exemple : « Ce qui est bien doit être aimé ; or, Dieu est bien, donc Dieu doit être aimé. » *Aimé* est le grand terme, *Dieu* le petit terme, *bien* le moyen terme qui lie *Dieu* à *aimé*, le sujet à l'attribut. La proposition qui contient le grand terme s'appelle *majeure*, celle qui comprend le petit terme s'appelle *mineure*. Le moyen terme est rapproché du grand terme dans la majeure et du petit terme dans la mineure (1841-42).

Cela bien posé, toutes les fois qu'à chaque prémisse on ajoute une ou plusieurs propositions pour en faire ressortir la vérité, on fait une *démonstration* (en langage d'école un sorite, une accumulation). Lorsqu'on ajoute un nombre assez considérable de propositions secondaires qui s'adressent aux sentiments, aux idées-fictions, aux sens, la démonstration devient ce qu'on appelle le *discours* (1846-47).

La démonstration est donc le plan même du discours, et le discours n'est que la démonstration, plus l'expression des sentiments, des fictions, des sensations, en un mot de tout ce qui n'est pas exclusivement raisonnement. Toutes les fois qu'on ne peut ramener un discours à une démonstration, le discours n'est pas digne de ce nom. Il faut aussi distinguer entre la déclamation et le discours : la première ne s'adresse qu'aux sens, elle est proprement un langage d'action ; il faut se servir des sens dans un discours comme d'un moyen de réveiller les sensations, qui à leur tour réveillent les idées ; mais il ne faut jamais que ce moyen soit un but (1846-47).

La démonstration varie selon le développement des intelligences auxquelles elle s'adresse ; mais le syllogisme, auquel on peut la ramener, ne varie jamais. La démonstration n'a d'autre but que d'ajouter au syllogisme l'évidence.

Lorsqu'on parle à des hommes peu instruits on change la démonstration en discours pour faire voir qu'une proposition particulière est renfermée dans une proposition générale. Dans l'antiquité on devait mettre en discours toutes les démonstrations (1846-47).

§ 69.

BUT DU DISCOURS.

De la définition du discours il résulte que le but de celui qui parle est de communiquer *une certitude* qu'il possède à celui qui écoute et qui ne la possède point (1836-37).

§ 70.

NATURE DE LA CERTITUDE.

La certitude peut être ou rationnelle ou empirique, c'est-à-dire elle peut être ou une croyance, ou un principe découvert par l'expérience. En outre elle peut être ou subjective, ou objective, ou historique, ou logique.

La certitude est subjective, lorsqu'elle est l'assentiment de l'esprit humain à un jugement fondé sur le témoignage de la conscience.

La certitude est objective lorsqu'elle est l'assentiment de l'esprit humain à un jugement fondé sur le témoignage des sens.

La certitude est historique lorsqu'elle repose sur le témoignage des hommes, conformément aux lois de la logique.

La certitude est enfin logique lorsqu'elle résulte des rapports que nous percevons entre deux ou plusieurs jugements qui sont unis par des rapports de principes et de conséquences (1836-37).

D'ailleurs l'adhésion de l'esprit à un jugement est un fait qui n'a rien d'arbitraire, et qui résulte des lois mêmes de la nature humaine. L'esprit est fait pour arriver à la connaissance du vrai, à la possession de la vérité ; il y a entre ces deux termes, entre la vérité et l'esprit humain, une sympathie telle que l'esprit adhère nécessairement à la vérité dès qu'elle s'offre à lui ou dès qu'il croit l'apercevoir. Lorsqu'on remonte à la source de toutes les affirmations, on ne trouve pas d'autres motifs de notre adhésion que cette prédisposition de l'esprit. Rien n'est donc plus déraisonnable que de supposer qu'il n'y a de vrai que ce qui est démontré, et de certain que ce qui est prouvé. C'est précisément le contraire qu'il faut dire : rien n'est démontrable, rien n'est susceptible d'être prouvé qu'à la condition de certaines vérités primitives qui n'ont besoin ni d'être démontrées ni d'être prouvées, et qui sont crues parce qu'elles sont vraies. Il n'y a pas d'effet sans cause : cela ne se prouve pas. La croyance est donc le point de départ et non le résultat des investigations de l'esprit (1836-37).

§ 71.

LA CERTITUDE A TROIS DEGRÉS.

La certitude comporte trois degrés : 1° la croyance ; 2° la conviction ; 3° la persuasion.

La croyance c'est la certitude ou l'adhésion entière, complète, soit spontanée, soit produite par la réflexion.

La conviction, c'est l'adhésion de l'esprit à un jugement quelconque avec connaissance de cause ; elle est le résultat d'une série d'idées et de déductions faites par l'esprit lui-même. Il n'y a point de conviction sans croyance, parce qu'il n'y a point de conséquence sans principe, ni de raisonnement sans axiôme.

La persuasion, c'est l'adhésion fondée non plus

sur l'expérience, sur le raisonnement, sur le témoignage des hommes vérifié, mais sur la seule loi de l'association des faits de conscience. Dans la persuasion, il a manqué d'évidence (1), puisqu'il n'y a d'assentiment qu'en vertu de cette loi, et non en vertu d'un travail personnel, comme pour la conviction. On ne peut jamais être convaincu malgré soi, mais on peut persuader les gens malgré eux (1836–37).

§ 72.

QUELLE EST LA MISSION DE CELUI QUI PARLE?

Le but du discours étant de communiquer la certitude dont est possédé celui qui parle, l'orateur devra donc pour le moins persuader, puis convaincre, enfin faire croire. Et comme tout discours n'est qu'une démonstration augmentée de toutes sortes de propositions secondaires (§ 68) qui s'adressent aux sens, aux sentiments, aux passions, à l'imagination, etc., il en résulte

(1) « L'évidence est un état du moi lorsqu'il perçoit ; la vérité est un état du moi lorsqu'il conçoit : la certitude est un état du moi, lorsqu'il perçoit, conçoit et affirme. Or, le moi admet une idée comme certaine, ou spontanément, ou volontairement. La persuasion, c'est l'adhésion spontanée, c'est la certitude non vérifiée ; et comme le moi n'a point participé à l'idée qu'il admet spontanément, nous disons que l'évidence, c'est-à-dire la perception claire n'est point présente à la conscience du moi qui ne sait ni pourquoi ni comment il est certain, lorsqu'il admet spontanément quoique ce puisse être. » (Cours de l'année 1836-37.)

« Les poëtes croient, le chrétien croit, les savants sont convaincus, le vulgaire est persuadé. » (Id.)

qu'outre la persuasion, la conviction, la croyance, l'orateur devra faire naître l'émotion; qu'il devra, après avoir parlé à l'esprit, parler au cœur, et compléter la pensée par la sensibilité morale. Tout ce qui ne parle pas à l'âme n'est point éloquent. Il n'y a de véritable éloquence que le langage de l'âme à l'âme.

Par la persuasion, l'orateur parle aux sens; par la conviction, il parle à l'intelligence; par l'émotion, il parle à l'âme entière (1836-37).

§ 73.

On n'est grand orateur que parce qu'on est grand penseur. Il est absurde de croire et de dire qu'il suffit pour être orateur de lire et d'imiter les maîtres de l'éloquence. On n'imite point la pensée (1841-42).

§ 74.

QU'EST-CE QUI CONSTITUE LA BEAUTÉ DE L'ÉLOQUENCE?

L'éloquence a le pouvoir de réveiller dans les esprits une multitude d'idées; voilà ce qui constitue sa beauté; car l'éloquence a son premier et son plus essentiel ressort dans celui qui écoute. Le plus beau discours peut rester sans effet. Les idées, les choses sont plus ou moins éloquentes, suivant que les hommes sur qui elles doivent porter sont plus ou moins développés (1836-37).

Ce qu'on appelle en rhétorique éloquence, l'art de persuader, tient exclusivement au fait de l'association

des faits de conscience. Ainsi, lorsque dans un esprit ces faits se sont développés et liés entre eux, il arrive qu'un seul mot, un seul accent, réveille une longue série de phénomènes, d'émotions, de pensées ; le même mot adressé à un esprit dans lequel les phénomènes de conscience ne seraient point fortement associés, ne produira guère qu'une simple sensation. D'où l'on voit que le même discours, la même phrase, le même mot, qui agit fortement sur un individu, atteint à peine un autre individu ; que la même parole peut être à la fois insignifiante et éloquente, selon que l'esprit auquel elle est adressée est développé ou ne l'est pas. D'où il résulte que l'éloquence dépend plus encore de celui à qui l'on parle que de celui qui parle. Pour un esprit peu développé, il n'y a point d'éloquence possible (1846-47).

Ce qui est vrai de l'éloquence ne l'est pas moins de la poésie. Un objet d'art réveille des idées, des sentiments bien différents, selon les individus sur lesquels il agit. Le spectacle du monde extérieur, qui n'est qu'une source de sensations, tantôt pénibles, tantôt agréables pour un individu peu développé, réveille dans l'homme dont l'âme et l'intelligence sont plus élevées, une longue suite de sentiments et d'idées qui constituent à proprement parler la poésie. Ce que nous venons de dire des objets d'art et de la nature peut s'appliquer aux œuvres littéraires. On ne trouve en général dans un ouvrage que des idées qu'on possède soi-même. Pour comprendre la nature, l'art, les beautés littéraires, il faut un développement de pensées et de sentiments indépendants de ces objets eux-mêmes (1846-47, 1841-42, 1836-37).

§ 75.

DES DIVISIONS DU DISCOURS.

Le discours peut avoir trois divisions générales : 1° l'invention ; 2° la disposition ; 3° l'élocution qui, du reste, doivent toujours s'accompagner inséparablement.

L'invention est la division du discours où l'on pose la question, où l'on démêle les divers sens de la question, en indiquant le point de vue duquel on le considère, où l'on produit enfin les divers arguments qui doivent servir à résoudre la question (1841-42).

La disposition est la division du discours où l'on classe dans un ordre méthodique les résultats de l'invention (1841-42).

L'élocution est proprement le langage même. Nous en parlerons plus loin.

§ 76.

LE DISCOURS SE COMPOSE DE SEPT PARTIES.

Il résulte de cette règle que le discours se compose de sept parties que les rhéteurs ont appelées :

1° L'Exorde. Il prépare l'auditeur ;

2° La Proposition. Elle indique le sujet ;

3° La Division. Elle indique les divisions du sujet ;

4° La Narration. Elle développe les différentes parties du sujet ;

5° La Réfutation. Elle combat et détruit les objections ;

6° La Confirmation. Elle prouve les affirmations de celui qui parle ;

7° La Péroraison. Elle résume et conclut le discours (1841-42).

§ 77.

L'éloquence n'est qu'une forme de la poésie. Un discours n'est pas nécessairement éloquent, et l'on trouve journellement des ouvrages écrits sous forme de discours et complètement dépourvus d'éloquence. Il ne faut donc pas faire de l'éloquence un genre littéraire, encore moins un art. La rhétorique, telle qu'elle est faite, est un ensemble d'erreurs et de préjugés qui étonnent à bon droit le philosophe. Il est vrai que le discours est soumis à des règles, et que ces règles forment, à proprement parler, l'objet de la rhétorique. Mais comme le discours se réduit à une démonstration, si l'on retranche des propositions premières les propositions ajoutées, et qu'une démonstration est du domaine de la logique ; qu'en outre, la démonstration précède dans l'esprit le discours ; — il en résulte que la logique doit être étudiée avant la rhétorique qui suppose la logique, le discours supposant la démonstration ; en second lieu, que la logique supposant elle-même la psychologie, c'est-à-dire l'étude des manières d'être, des phénomènes, des propriétés et des facultés de l'âme, l'étude de la psychologie précède rationnellement l'étude de la rhétorique ; et en troisième lieu, que l'éloquence n'étant, en dernière analyse, qu'une forme de la pensée spontanée passant à la réflexion, les règles qui déterminent le discours sont du ressort de la philosophie.

On sait qu'Aristote traita de la logique avant de traiter de la rhétorique (1841-42).

§ 78.

Dans l'antiquité, l'éloquence était si bien une forme de la poésie, que c'est au prestige, à l'action de cette forme et de la spontanéité qu'était dû en grande partie le triomphe des poètes dramatiques aux fêtes Olympiques : le débit, le geste, l'attitude, l'élocution, en un mot le discours, qui est proprement la forme de la poésie dramatique, bien qu'il soit dialogué, parlait à la fois à l'intelligence et au cœur : à l'intelligence pour la persuasion, au cœur pour la sensibilité. Dans l'*Iliade* et dans l'*Odyssée*, le discours occupe une place importante ; le premier chant de l'*Iliade* n'est qu'une lutte dialoguée entre Achille et Agamemnon. Il en est de même dans la poésie, dans la littérature latines. En général, on peut admettre que le discours est très peu sensible dans la poésie lyrique, qu'il est plus évident dans l'épopée ; et que dans la poésie dramatique, il se mêle sans cesse au drame et même se substitue souvent à l'action. L'éloquence était en quelque sorte permanente.

Les modernes, en distinguant la poésie de l'éloquence, en séparant la spontanéité de la réflexion, en introduisant l'analyse dans tous les genres littéraires, ont, par cela seul, changé le caractère de l'éloquence. Elle est devenue un *art*, c'est-à-dire elle a perdu sa beauté et son pouvoir. Le principe vital de l'éloquence a disparu, et si nous avons des orateurs diserts, nous n'avons point d'éloquence ; et comme l'on s'est obstiné à conserver les mêmes mots pour conserver les mêmes mots, bien qu'ils n'exprimassent plus les mêmes faits, il s'est trouvé que l'on a nommé éloquents des ouvrages qui ne l'étaient point, et qu'on a fait de la rhétorique non pas la science du discours, mais un système factice, une sorte d'art mécanique de figures et de phrases. De là un changement plus radical encore dans l'éloquence (1841-42).

§ 79.

C'est dans l'antiquité qu'il faut chercher les modèles et les règles de l'éloquence. Platon a fait un traité admirable de la vraie rhétorique ; ce traité c'est le *Gorgias*. Il a été suivi par Cicéron et par Fénelon, qui ont le mieux compris, depuis Platon, la poésie et l'éloquence, parce qu'eux-mêmes étaient des hommes complètement poètes et artistes.

§ 80.

DES DEGRÉS DU BEAU SUBJECTIF.

Le beau peut être dans l'âme plus ou moins présent (*præsens*), plus ou moins développé, *énergique*, dans le sens du mot grec : ενεργεια.

En descendant du plus ou moins, le beau peut être : 1° beau complètement ou à peu près ; 2° sublime ; 3° agréable. Ces trois degrés sont généraux et comportent une foule de nuances qu'il est presque impossible d'énumérer complétement. Voici ce qu'on peut énoncer de moins particulier :

Le sublime est le degré du beau subjectif lorsque l'âme *s'élève*, en vertu de sa liberté, au-dessus de l'empire des sensations, et s'efforce d'entrer et de rester en communication avec la raison, avec l'idéal, avec l'infini. Si elle triomphe de la lutte elle acquiert le caractère du beau.

Les nuances soit concomitantes, soit intrinsèques du sublime, sont : la grandeur, la majesté, la noblesse, la magnificence, l'étendue, le solennel, le merveilleux, etc.

Le sublime est donc le développement plus ou moins parfait de l'activité et de la sensibilité morale. Le beau est le sublime, plus le développement de la raison.

L'agréable est le degré du beau lorsque la sensibilité et l'activité sont faiblement affectées de l'idéal, et demeurent sous le charme des sensations, des affections, des idées sensibles, de l'association des idées, sans faire aucun effort pour s'élever au sublime. L'agréable est plus commun que le sublime ; le beau est très rare. Les belles âmes sont moins ordinaires que les âmes sublimes.

Les nuances de l'agréable sont infiniment variées. Les plus saillantes sont : la douceur, l'amabilité, la variété, la grâce, l'enjouement, la facilité, la naïveté, en général tout ce qui plaît.

Les nuances de l'agréable, du sublime et du beau sont très diverses, et peuvent acquérir des caractères très élevés à mesure qu'elles sont plus approchantes de la perfection. Ainsi les nuances de l'agréable peuvent, à force de perfection, acquérir le caractère du sublime, comme par exemple chez La Fontaine, chez Molière. De même les nuances du sublime peuvent acquérir le caractère du beau. Il est fort difficile de préciser nettement quelles sont ces nuances qui prennent leur origine dans les mille et une manières d'être des phénomènes sensibles, intellectuels et moraux, et qui ont des affinités très étroites avec l'association des idées.

§ 81.

DE LA NÉGATION DU BEAU.

L'homme n'aurait jamais l'idée du beau s'il ne voyait la raison. Le *laid* c'est l'absence de l'idée.

La laideur est susceptible de degrés infiniment variés ; elle peut être plus ou moins apparente, plus ou moins développée, suivant que la raison a été plus ou moins bien vue. En général l'absence de l'idée pure est la marque d'une âme qui n'est pas dans l'ordre.

Dans la laideur subjective on distingue les caractères suivants : la prédominance des sensations, le développement désordonné, manqué et toujours vicié de l'activité au détriment de la raison, le grotesque (1841-42).

ARTICLE III.

DES RAPPORTS EXTERNES DU LANGAGE AVEC L'AME DANS LES OUVRAGES LITTÉRAIRES.

---

§ 1.

Les rapports du langage parlé et écrit avec l'âme constituent huit sciences partielles que l'on peut appeler *sciences esthétiques*. On doit les classer dans leur ordre déduit ainsi que nous les présentons :

1° La grammaire ; 2° la syntaxe ; 3° la prosodie ; 4° les tropes ; 5° la rhétorique ; 6° la philologie ; 7° l'archéologie ; 8° la mythologie (1836-37).

§ 2.

Le mot n'étant qu'un signe ou un son associé avec un ou plusieurs faits de conscience, cette définition induit que le mot doit être l'expression du phénomène interne qui lui donne l'existence.

Or, un mot peut avoir plusieurs et différents rapports avec l'âme. Il peut avoir :

1° Des rapports purement psychologiques ;

2° Des rapports purement logiques ;

3° Des rapports particuliers avec l'activité ou la sensibilité ;

4° Des rapports linguistiques.

§ 3.

Les rapports purement psychologiques déterminent :

1° L'existence et la définition du mot (V. art. I, § 28 et 29) ;

3° La propriété du mot. A savoir s'il est substantif, adjectif, pronom, verbe, article, adverbe, préposition ou conjonction ;

3° La flexion du mot, c'est-à-dire sa déclinaison ou conjugaison ;

4° La fonction du mot. A savoir s'il est sujet, copule, attribut ou complément ;

5° La place du mot par rapport aux autres mots qui l'accompagnent.

L'étude de ces rapports est l'objet de la *Grammaire*.

§ 4.

Les rapports logiques déterminent :

1° L'existence de la proposition. La proposition est l'énoncé d'un jugement ;

2° Les propriétés de la proposition. A savoir si elle est principale, incidente ou subordonnée ;

3° Les liaisons des propositions entre elles pour créer la phrase :

4° Les règles qui gouvernent les fonctions des mots et des propositions;

5° Les règles qui assignent à ces fonctions une place légitime.

L'étude de ces rapports est l'objet de la *Syntaxe*.

§ 5.

Les rapports particuliers du langage avec l'activité et la sensibilité déterminent :

1° Les règles de la versification et du langage d'action. Elles sont l'objet de la *Prosodie ;*

2° Les règles des figures dont l'imagination est la source. Elles sont l'objet des *Tropes* ;

3° Les règles du discours, vers ou prose. Elles sont l'objet de la *Rhétorique*.

Le discours, *oratio*, *concio*, peut être ou politique, ou judiciaire, ou didactique, ou sacré. La rhétorique indique les règles générales et particulières de chacun de ces quatre genres.

§ 6.

Les rapports linguistiques déterminent :

1° La signification d'un mot dans les différentes langues ;

2° Son origine, sa formation, sa dérivation, sa composition ;

3° Sa valeur ;

4° Ses variations ;

5° Son sens déterminé ;

6° Sa place dans l'ordre vocabulaire.

L'étude de ces rapports est l'objet de la *Philologie*.

§ 7.

Enfin l'*Archéologie* a pour objet l'étude des monuments de l'antiquité sous le rapport de la littérature, des langues, de l'histoire et des sciences. La *Mythologie* a pour objet l'étude des mythes (μυθος) religieux de l'antiquité sous le même rapport que l'étude de l'archéologie (1836-37).

§ 8.

Le complément de ces différentes études c'est la littérature, c'est-à-dire l'ensemble des ouvrages du langage parlé et écrit, considérée du point de vue des rapports généraux de l'âme et du langage.

§ 9.

Les arts n'ont pas de division analogue à celle que nous venons d'indiquer. Mais on peut dire qu'en général leur étude se compose :

1° De tout ce qui aide au développement de l'âme ;

2° De tout ce qui a rapport aux procédés techniques propres à chacun d'eux. Ainsi, l'architecture exige la connaissance de la géométrie, de la minéralogie; la peinture, celle de la chimie et de la perspective ; la sculpture, la statuaire celle de la géométrie et de la minéralogie; la musique, celle de l'acoustique ;

3° De la partie manuelle.

ARTICLE IV.

DE LA MANIFESTATION DU BEAU, DE L'ART ET DU STYLE.

---

§ 1.

Il faut considérer maintenant le beau en tant que propriété objective, réalisation de l'idéal, en un mot, il faut étudier l'art.

§ 2.

PRINCIPE GÉNÉRAL.

Tout ce qui a été dit du beau absolu et du beau subjectif s'applique complètement à l'art.

Tous les caractères, toutes les formes, tous les degrés du beau doivent passer dans l'art, autrement l'art n'existe point.

§ 3.

Nous avons dit que l'art est un système de signes quelconque lorqu'il devient l'expression de l'idée nécessaire, de l'idéal (art. II, § 21). La beauté de l'art consiste dans l'expression des idées réalisées, lorsque cette expression est conforme au type et aux lois de la raison.

§ 4.

La beauté de l'art est visible aux marques suivantes : à la couleur, à la forme, au mouvement, à l'expression, à l'accord.

§ 5.

La couleur doit avoir pour qualités premières le coloris, la fraîcheur, le clair-obscur, les nuances assorties.

§ 6.

La forme doit avoir pour qualités premières la symétrie, la variété, la grâce.

§ 7.

Les qualités premières du mouvement doivent être : la régularité, la facilité, la grâce.

§ 8.

L'expression est le rapport intime du signe avec l'idée. Lorsqu'un son ou un signe représentent exactement le fait moral, le fait interne qu'ils doivent représenter, il y a proprement *expression*. Toute couleur, toute forme, tout mouvement, doivent être des expressions, c'est-à-dire doivent avoir une signification, un sens, une physionomie déterminée, et réveiller dans l'esprit soit un sentiment, soit une image, soit une idée, soit en un mot, un phénomène moral quelconque. Plus un objet a de signification, plus il réveille d'idées, et si l'expression est belle nous le trouverons d'autant plus beau.

§ 9.

L'accord résulte de la combinaison méthodique des couleurs, des formes, des mouvements et des expressions. Il doit y avoir de l'accord dans toute œuvre d'art; cette règle ressort avec évidence de ce qui vient d'être dit.

L'accord se distingue de l'harmonie en ce sens que l'harmonie n'est qu'une suite d'accords, une série, une succession régulière d'accords. Dans la musique, le son est l'élément fondamental. Le son doit avoir du mouvement et de l'expression.

Le mouvement n'y est autre chose que la durée du son. Moins cette durée est grande, plus le son est rapide, et la combinaison de sons rapides, lents, prolongés, parcourant l'échelle entière de tous les tons en passant alternativement à travers mille nuances de l'aigü au grave et du grave à l'aigü, constitue le mouvement musical. Celui-ci est subordonné au mouvement de la pensée, *animi motus continuus.*

Une succession variée de sons forme une mélodie, si l'accord y domine.

La variété dans l'unité est la condition première de toute mélodie. Une suite variée de mélodies qui se suivent et s'adaptent en concordant avec l'ensemble de tous les autres tons, c'est proprement l'harmonie musicale.

Lorsqu'une suite de mélodies représente exactement la pensée qu'elle est destinée à manifester, de manière à réveiller dans l'âme de l'auditeur et du musicien cette même pensée, il y a expression. Toute mélodie doit être expressive et parler au sentiment. Pour produire l'expression, il faut que dans la mélodie l'âme tout entière se traduise avec les facultés qu'elle veut manifester particulièrement, en se conformant à la règle du mouvement.

§ 10.

Les marques de la beauté de l'art sont également applicables à tous les beaux-arts ; elles exigent dans tous les mêmes qualités.

§ 11.

DU STYLE.

Mais au-dessus de ces marques et de ces qualités, il y a, il doit y avoir le style, qui est non plus l'expression d'un rapport isolé du signe avec l'idée, mais l'expression de tous les rapports des signes avec les idées, en un mot, l'expression de tout ce qu'il y a dans l'âme, de toutes ses facultés.

§ 12.

Le style diffère donc de l'expression, de la même sorte que le discours diffère des mots. Les expressions ne constituent pas le style, elles n'en sont que les éléments. Le style est bien plus encore : il est l'empreinte (στῦλος) que les facultés dominantes de l'âme laissent dans le langage. Lorsque cette empreinte n'existe point, il peut y avoir langage, mais le style n'y est point.

§ 13.

Le style est donc le relief même de l'âme. Aussi Buffon a-t-il eu raison de dire que le style était l'homme même.

§ 14.

Il faut distinguer le style écrit, le style figuré, le style musical, le style industriel. Chacune de ces abstractions est subordonnée au développement de l'âme de chaque homme, et comme ce développement est différent chez chacun de nous, comme les esprits sont infiniment variés et dissemblables (*quot homines, tot sententiæ*), il en résulte que chaque homme a son style propre et que le style varie selon les différences des individus.

§ 15.

Mais la beauté du style est indépendante de cette

diversité des facultés. Pour que le langage s'élève à la beauté du style, il y a des conditions déterminées qu'il doit réunir.

§ 16.

QUELLES SONT LES CONDITIONS DE LA BEAUTÉ DU STYLE?

Les conditions sont générales et spéciales : 1° générales, elles comprennent l'unité, l'ordre, la variété, l'harmonie, la clarté, la pureté, la simplicité, le naturel, la grâce. Ces conditions forment la base nécessaire de la beauté du style tant poétique que scientifique, tant littéraire que plastique et musical. (V. art. II, § 62, 63, 64.)

2° Spéciales, les conditions de la beauté du style écrit sont de deux sortes, suivant que le style écrit est spontané ou réfléchi, poétique ou scientifique.

§ 17.

CONDITIONS SPÉCIALES DE LA BEAUTÉ DU STYLE ÉCRIT.

1° Pour le style écrit poétique, ce style doit être (art. II, § 60 ou 61) ou passionné, ou figuré, ou imagé, ou imitatif;

2° Pour le style écrit scientifique, ce style doit être logique ; il doit être suffisamment imagé ou figuré pour que les grâces accompagnent le raisonnement, car il faut éviter l'ennui, la sécheresse, la fatigue. Parmi les écrivains français, Buffon est le modèle du style scientifique, et Malebranche du style philosophique.

CONDITIONS SPÉCIALES DE LA BEAUTÉ DU STYLE PLASTIQUE ET MUSICAL.

Le style plastique concerne la peinture, l'architecture, la statuaire, la sculpture ; il doit être ou passionné, ou figuré, ou imagé, ou imitatif. Le style musical doit être passionné, imitatif.

§ 18.

Nous allons développer ces conditions en ajoutant des exemples extraits surtout des grands écrivains de l'antiquité.

DÉVELOPPEMENT DES CONDITIONS DE LA BEAUTÉ DU STYLE ÉCRIT.

1o *Du style passionné.* — Le style doit être passionné, c'est-à-dire porter l'empreinte des sentiments. On l'appelle aussi pathétique (παθος).

Les modernes ont mieux réussi en général dans le style pathétique que les anciens. En France, Racine, Fénelon, Bossuet, Bernardin de Saint-Pierre offrent le plus d'exemples de ce style à des degrés différents et avec des nuances très variées. Mais pour le style passionné qui reproduit les sensations plus que les sentiments, il faut citer, parmi les ouvrages anciens, le *Philoctète* de Sophocle, le *Prométhée* d'Eschyle, *OEdipe roi*, quelques passages de l'*Iliade*, et tous les poètes qui ont chanté le plaisir : Anacréon, Horace, Catulle, Ovide, etc. Virgile a beaucoup de sentiment, et chez lui, la sensibilité est même plus forte que l'imagination ; mais la sensibilité morale n'est développée nulle part avec autant de beauté que dans le *Télémaque*.

2° *Du style figuré.* — Le style doit être figuré, c'est-à-dire porter l'empreinte de la faculté de la comparaison qui suppose l'attention, de l'abstraction et de la généralisation. On l'appelle aussi métaphorique (μεταφερω).

La métaphore consiste essentiellement dans un mot créé pour désigner un fait externe et transporté à un fait interne, et réciproquement. Toutes les figures ne sont au fond que des métaphores. Les rhéteurs en comptent un grand nombre; mais toutes se réduisent à des faits, à des pensées, à des signes transportés les uns aux autres, μεταφερομενοι, d'un ordre à un autre ordre de phénomènes. Exemple :

> Celui qui met un frein à la fureur des flots,
> Sait aussi des méchants arrêter les complots.
>
> RACINE.

Ces deux vers sont à la fois une métaphore, une périphrase, une antithèse, une allusion, une sentence, etc.

Les caractères du style métaphorique doivent être :

1° La justesse, la conformité de la figure avec le fait ou l'idée ;

2° Le choix et la sobriété ;

3° L'opportunité.

Les écrivains de l'antiquité offrent dans leurs ouvrages des exemples fréquents et remarquables de l'emploi de la métaphore. Mais ils ne font usage que de la métaphore concrète, tandis que les modernes prodiguent la métaphore abstraite.

3° *Du style imagé.* — Le style imagé doit porter l'empreinte de la faculté appelée *imagination.* L'imagination suppose la synthèse, la création, la fiction. Ce style est donc le langage de la fiction et domine d'ordinaire dans les compositions lyriques, épiques, et bucoliques.

Bien que toute figure soit souvent et puisse d'ailleurs être une image, il y a pourtant une différence entre l'image et la métaphore. Des exemples choisis rendront cette différence visible. Voici des images sans métaphore aucune :

. . . . *Ruit oceano nox*
. . . . *Ponto nox incubat atra*
Dumosâ pendere procul de rupe videbo.
VIRGILE.

Δυσετο τ'ηελιος, σκιοωντο τε πασαι αγυιαι. (HOMÈRE.) (1)
Βοτρυδον δε πετονται επ' ανθεσιν ειαρινοισιν. (*Iliad.* II, 89.) (2)

Mais dans les deux vers de Racine, cités plus haut, on reconnaît sans difficulté une admirable image de la puissance de Dieu.

(1) Le soleil se couchait et les ombres se répandaient sur tous les sillons de la mer.

(2) Elles volent (les abeilles) *en grappes* sur les fleurs printanières — Homère a osé dire : Une voix semblable au lis, *οπα λειριοεσσαν* (*Iliade*, III, 152.) Horace : *Loquaces lymphæ*, dese aux babillardes. Tacite : *Ne lenire neve* ASPERARE *crimina videretur.* (Ann. II, 29. *Quantumque sævitia* GLISCERET, *miseratio* ARCEBATUR. (Ann. VI, 19.) Tacite est l'écrivain de l'antiquité, chez qui la métaphore est la

Les caractères du style imagé doivent être :

1° La vérité ; 2° l'à-propos ; 3° le dessin qui doit être correct, fidèle, clair ; 4° la coloration qui doit réunir la fraîcheur, le coloris, les nuances, et qui doit être en harmonie avec le sujet ; 5° la hardiesse. Il faut éviter les images triviales, à moins qu'elles ne soient embellies par l'intérêt de l'ensemble ou par des contrastes imprévus.

De tout temps l'imagination a fécondé les écrits des poètes. Homère a des images infiniment riches et variées. Les Orientaux brillent par cette faculté ; la Bible est remplie des plus belles images qu'il soit possible de créer. Les écrivains latins ont l'imagination moins ardente que les Grecs. A mesure qu'on avance jusqu'à notre siècle, on voit cette faculté perdre en éclat et en fécondité au profit de l'abstraction. Cependant, chez nous, Montaigne, Fénelon, Bossuet, Buffon, Rousseau, Bernardin de Saint-Pierre, Mme de Staël, présentent des modèles du style imagé qui soutiennent la comparaison avec les anciens (*Notes*).

La métaphore et l'image peuvent être employées comme contrastes, comme antithèses, comme artifices de langage dans le style. Mais quelqu'en soit l'usage, il ne faut jamais les prodiguer ni les forcer, autrement elles fatiguent et n'éblouissent que la vue.

plus expressive, la plus énergique, et la plus hardie. Elle donne à son style un mouvement poétique plein de charme, sans rien retrancher de la gravité de l'histoire. Voyez le § 6, liv. VI des Annales, *Remords de Tibère*, un exemple admirable de la métaphore. (*Notes*.)

4° *Du style imitatif.* — Le style imitatif doit porter l'empreinte de la mémoire, de l'harmonie imitative. La mémoire suppose la synthèse et l'association de tous les faits de conscience. Le poète doit être doué d'une mémoire riche et fidèle, mémoire autant des mots que des idées, des phénomènes externes que des phénomènes internes (V. art. II, § 42).

L'harmonie imitative, le plus grand charme de l'art écrit, résume en elle le sentiment, la métaphore et l'imagination ; elle tient de toutes les facultés de l'âme parce qu'elle a sa source essentielle dans l'association des faits de conscience. Elle n'est rien autre que la succession méthodique de phénomènes qui rappellent, par leur disposition ou par d'heureuses combinaisons de langage, des phénomènes correspondants, mais d'un ordre de faits différent et opposé. Lorsque, par exemple, l'art écrit parvient à imiter dans une image de la tempête le bruit des flots qui se brisent contre les écueils, le grondement et les coups redoublés du tonnerre, le mugissement des forêts agitées par l'ouragan, cette imitation, qui n'est qu'un produit de la mémoire et de l'association d'autres facultés, prend le nom d'harmonie imitative.

Tous les poètes célèbres ont rempli leurs pages d'admirables effets de cette harmonie, et les anciens ne sont si supérieurs aux modernes dans le style imitatif que parce que les langues de l'antiquité, plus harmonieuses et plus pittoresques que les nôtres, ajoutent à leurs tableaux le charme et l'illusion de la mélodie. Voilà pourquoi Homère, Virgile, Théocrite, Horace, bien d'autres encore, nous plaisent. Aucune langue ne peut rendre la beauté des vers suivants :

> Εγλαγξαν δ'αρ οιστοι επ' ωμων χωομενοιο
> Αυτου κινηθεντος..... (*Iliade*, I, 46.)

La langue allemande possède le verbe *klingen* qui vient du grec *κλαγγω*.

> Insŏnŭērĕ căvæ, gĕmĭtūmquĕ dĕdērĕ căvērnæ. (*Æn.* II.)

Il faut prononcer la lettre *u* comme notre diphthongue *ou* et la faire sentir vivement.

> Clarescunt sonitus, armorumque ingruit horror.
> . . . . . Splēndĕt trĕmŭlō sūb lumine pontus. (*Æn.* VII.)

La langue française n'est pas très riche en onomatopées ; l'allemand, au contraire, prête beaucoup à cette harmonie imitative.

5° *Du style logique.* — Ce style doit être logique, c'est-à-dire porter l'empreinte du raisonnement, des idées déduites. C'est à l'intervention de la déduction dans le style écrit que l'écrivain doit l'unité de son ouvrage, l'ordre des parties, la disposition convenable de ses créations. Le poète, lorsqu'il est inspiré, se sert spontanément de la synthèse pour déduire de la raison les idées qu'il veut saisir et exprimer. Cette méthode synthétique accompagne nécessairement et constamment la mise en œuvre du poète, et ne peut l'abandonner, sans substituer aussitôt le désordre à l'ordre, et la confusion à la clarté de l'ensemble.

Ce style scientifique est essentiellement logique. La concision, la netteté, la justesse, la précision, la clarté en sont les caractères obligatoires ; la vigueur, l'élégance, la grâce en sont des ornements accessoires, qui doivent cependant être considérés comme d'autant plus utiles qu'ils contribuent à prévenir la sècheresse et la monotonie. Il ne faut pas que la raison rebute le sentiment. Les modèles du style scientifique sont Bossuet, Mallebranche, Buffon, Cuvier. Autant et toutes les fois qu'il a été nécessaire, ils se sont adressés à l'imagination, aux sentiments, à l'esprit. Voyez dans Buffon les *Époques de la Nature* (*Notes*).

Les langues modernes, surtout la française, sont éminemment propres au style scientifique. Leur clarté, leur précision, l'abstraction de la plupart de leurs termes ont beaucoup contribué aux progrès des sciences depuis Bacon et Descartes (*Notes*).

§ 19.

Aucune de ces conditions spéciales ne doit être exclusive ni exagérée. Il doit régner entre elles un équilibre et une association visibles. Mais comme d'ordinaire une ou deux d'entre elles sont prédominantes, comme les facultés sont développées à des degrés différents et inégaux dans chaque individu, comme par exemple l'imagination, la mémoire, les sens dominent chez les uns, la puissance d'abstraire, de raisonner chez les autres ;

l'idéal, l'infini, la contemplation chez un petit nombre, il est évident que la même langue, que le même système de signes, employé par trois individus constitués moralement comme nous venons de le dire, prendra nécessairement des formes différentes. Le choix des mots sera différent et surtout l'arrangement des expressions ; ce qui constitue essentiellement le style présentera des différences très prononcées. L'homme chez qui les sens dominent, emploiera les mots qui font image, les phrases, les tours imitatifs. L'homme chez qui l'activité intellectuelle domine, choisira de préférence les mots abstraits, les tours non pas les plus propres à agir sur les sens, mais à faire ressortir l'ordre logique des pensées ; il prendra les mots les plus précis, ceux qui ont une acception déterminée. D'où il résulte que les deux écrivains auront dans la forme de leur langage des caractères essentiellement différents. Enfin l'homme en qui dominent l'idéal, la vision de l'intelligible, le besoin de la contemplation, en un mot les vérités morales, évitera nécessairement les mots qui, par leur association, ne réveillent que des idées sensibles, des phénomènes matériels ; il choisira dans la langue les mots, les formes qui se rattachent immédiatement à la manifestation de l'idéal ; il emploiera d'une manière spéciale les mots consacrés à la manifestation des idées morales ; il cherchera surtout à exprimer un ordre de phénomènes inconnus aux deux écrivains précédents, les émotions et les sentiments. Or, cet ordre de phénomènes qu'on appelle les mouvements de l'âme, ne se manifeste point par des expressions détachées, abstraites, mais par des figures, et la construction des mots s'y soumettra à l'arrangement des phrases ; d'où il résulte encore que le langage, employé par un écrivain de cette nature, présentera des caractères qui ne se rencontrent dans aucun de ceux dont nous venons de parler. Ce sera le langage pathétique, le style pathétique (1846-47. *Questions dictées*).

§ 20.

COMMENT ON PARVIENT A LA CRÉATION DU STYLE.

(*Conclusion de ce qui précède.*)

Il est évident que la pensée étant déterminée par la nature individuelle de chaque écrivain, c'est-à-dire par la prédominance de telle ou telle faculté, et les caractères de son langage étant déterminés eux-mêmes par ceux de sa pensée, et ces caractères constituant ce qu'il faut entendre par style, il est évident que le style c'est l'homme, l'individu ; en d'autres termes, que le style n'est autre chose que ce qui constitue l'individualité ; or, ce qui constitue l'individualité, c'est ce qui distingue un individu d'un autre, c'est la différence entre les facultés essentielles. Il en résulte que l'écrivain qui ne se distingue des autres hommes par aucune faculté éminente n'a aucun style, et d'un autre côté, que les écrivains de premier ordre ont nécessairement un style à eux ; d'où il résulte encore que l'on ne parvient pas à se créer un style par l'imitation et la seule étude des grands modèles ; mais qu'on n'arrive à ce résultat que par le travail qui crée la pensée. On n'arrive au style parfait que par la route même de la vérité, par la méditation, le recueillement, la contemplation, la réflexion (1846-47. *Questions*).

§ 21.

Il résulte aussi de ce qui précède que le style étant le relief de la pensée, et la pensée étant susceptible d'une variété infinie de degrés, de nuances, de tours, le style recevra de la pensée les degrés, les nuances, les tours nécessaires. Si la pensée est sublime, le style sera sublime ; si la pensée est simple, le style sera simple, et ainsi de suite pour les différentes gradations par où la pensée s'élève ou s'abaisse. (*Notes*.)

§ 22.

DES QUALITÉS DU STYLE ÉCRIT.

Observation préliminaire importante. — Tout ce qui ressort de la construction de la phrase, de l'arrangement des propositions et des périodes, c'est-à-dire la structure des membres de la phrase, l'ordonnance et l'enchaînement des transitions, le mouvement et l'allure des propositions, tout ce qui a simplement rapport à la phrase est du domaine de la logique. Là, rien d'arbitraire n'est permis. Mais le génie de l'écrivain communique au mouvement naturel de la phrase celui de sa pensée propre, *continuum animi motum ;* et dès-lors la phrase subit souvent les lois de l'exception. Bossuet n'imprime à la phrase ni l'allure, ni le mouvement que lui impriment Buffon, Châteaubriant. De même Cicéron diffère essentiellement sous ce rapport de Sénèque. Cependant chez aucun de ces écrivains la logique fondamentale de la syntaxe n'est arbitrairement renversée.

Mais, indépendamment des règles invariables de la logique dans les langues, il y a des règles particulières à chaque idiôme. Ainsi les langues anciennes sont synthétiques, les nôtres sont analytiques, de sorte que les premières comportent naturellement l'inversion, les secondes, à l'exception des langues germaniques, n'en sont point susceptibles. L'inversion produit des beautés de langage très-remarquables. C'est elle qui permet d'écrire : *receperunt mercedem* VANI VANAM ! — *Navem in conspectu* NULLAM. — *Ruit oceano Nox.*

Et sol crescentes decedens duplicat umbras.
Majoresque cadunt altis de montibus umbræ.

Il ne faut pas croire que cette faculté de l'inversion laisse à l'écrivain le champ libre et qu'il puisse disposer arbitrairement du choix, de la place, de la combinaison, de l'assortiment des mots dont il se sert; il y a des mesures d'autant plus délicates à prendre que l'écrivain a devant lui un champ plus libre. Horace est sous ce rapport un modèle : ses plus grandes hardiesses ne vont jamais contre les règles de la langue latine, et l'on peut rendre compte de presque tous les mots qu'il emploie, tant sous le rapport littéraire que sous le rapport linguistique.

Quelques-uns de nos grands écrivains ont fait un heureux usage de l'inversion des mots; mais le plus souvent elle consiste à placer un régime déterminatif avant son substantif ou à placer un régime quelconque avant son verbe. La Fontaine a souvent osé et avec succès, intervertir l'ordre logique de certaines fonctions.

Voici quelques exemples :

........Il dit que du labeur des ans,
Pour nous seuls, il portait les soins les plus pesants. (X, 2.)
Et par écrit
Le Sénat demanda ce qu'avait dit cet homme. (XI, 7.)
Les vents me sont moins qu'à vous redoutables. (I, 22.)
......J'ai maints chapitres vus..... (II, 2.)
Un certain loup, dans la saison,
Que les tièdes zéphyrs ont l'herbe rajeunie.... (V, 8.)
D'argent, point de caché..... (V, 9.)

Mais en général il n'y a point de règles fixes à l'égard du choix, de la place, et des alliances des mots. Le bon sens, l'inspiration, le goût et l'habitude des bons modèles, sont les guides naturels de tout écrivain sérieux. (*Notes de différentes années.*)

A. Qualité du style poétique.

1° *Du style pathétique.* — Les qualités du style pathétique sont :

a] Une certaine noblesse qui soutienne le sérieux de la pensée :

b] Une élégance simple et décente ;

c] Une certaine abondance, *copia rerum* ;

d] De la chaleur, de l'intérêt, de la délicatesse ;

e] De la légèreté, de la flexibilité, de la grâce, de la limpidité.

Enfin la marche, l'allure, l'enchaînement des propositions seront faciles, naturels, coulants ; les transitions seront aisées ; le mouvement, pas trop rapide, suivra celui de la pensée. Les modèles de ce style sont Fénelon et Bernardin de St-Pierre.

Lorsque le style pathétique devient agité, véhément, vif, l'émotion devra dominer ; alors il y aura de la noblesse, de la rapidité, de l'élévation, de la précision dans la vivacité, et de la chaleur dans le mouvement. Les tragiques grecs et français sont de bons modèles pour ce genre de pathétique. (*Notes.*)

2° *Du style figuré.* — Les qualités de ce style sont :

a] La hardiesse de la métaphore ;

b] La richesse et la variété ;

c] L'animation, le coloris, etc. ;

d] La sobriété.

3° *Du style imagé.* — Les qualités de ce style sont :

a] La hardiesse et la variété harmonique des nuances ;

b] La concision, la netteté, le tour vif, le trait :

c] La sobriété.

NOTE. — Il ne faut point confondre le style imagé avec le style général de la fiction. Celui-ci est susceptible de toutes les sortes de manières d'écrire ; les différents langages passionné, figuré, imitatif, logique dont nous avons parlé s'y mêlent tour à tour avec le style imagé. La fiction a sa place dans toute les conceptions poétiques possibles, dans l'épopée, dans l'ode, dans l'églogue, dans l'idylle, dans l'apologue, dans le drame, et elle se revêt, chaque fois qu'il le faut, du style qui exprime la nature actuelle de sa signification. La conformité de la fiction avec l'idéal en fait la vérité ; la conformité de la fiction avec la réalité en fait la vraisemblance. (*Notes.*)

4° *Du style imitatif.* — Les qualités du style imitatif, de l'harmonie imitative sont les mêmes que celles des trois genres de style précédents. Les réminiscences sont proprement des souvenirs soit d'émotions, soit d'affections, soit d'images, soit d'idées, en un mot de phénomènes quelconques. La qualité particulière de toute réminiscence c'est la fidélité, l'exactitude. Les *Georgiques* de Virgile abondent en exemples remarquables des qualités du style imitatif.

NOTE. — L'imitation, la reproduction, l'harmonie, l'écho en quelque sorte peut exister soit dans un simple mot, soit dans toute une combinaison de mots imitatifs, soit dans une méthode entière, soit enfin dans une réunion de plusieurs périodes qui s'enchaînent. Voici quelques exemples empruntés à la poésie latine.

1° Un simple mot :

a]..... REFLUIT *exterritus amnis.* (*Énéide*, VIIIe chant).

Le fleuve épouvanté recule. Le mot *refluit* peint exactement le mouvement des eaux qui *refluent*, et imite très bien le bruit du retrait des ondes épouvantées. Notre mot *recule* est ici très faible et même inexact, car il n'exprime nullement la rapidité de l'expression *refluit*.

b]..... TORRENS *dicendi copia multis*
Et sua mortifera est facundia..... (JUVÉNAL, X, v. 9).
c]..... FUGACES *labuntur anni.* (HORACE, *Odes*).

2° Une combinaison de mots imitatifs :

a] Nūnc nĕmŏră ingēntī vēntō, nūnc līttŏră, plāngūnt.
(*Georgiques*, 1er ch.).
b]..... HORRIFICIS *juxta* TONAT *Ætna* RUINIS. (*Énéide*, 3e ch.)
c] *Jam* STRIDENT *ignes.........*
et CREPAT INGENS
Sejanus . . . .
VERBOSA *et* GRANDIS *epistola venit*
A Capreis . . . .
(JUVÉNAL, X, 61, etc.).

3° Une période entière :

Cōntĭnŭō, vēntis sūrgēntĭbŭs, aŭt frĕtă pōnti
Incĭpĭūnt ăgĭtātă tŭmēscĕrĕ, ĕt ăvĭdŭs āltis
Mōntĭbŭs aŭdīvī frăgŏr, aŭt rĕsŏnāntĭă lōngē
Līttŏră mīscērī ĕt nĕmŏrŭm īncrēbrēscĕre mŭrmŭr.

Il faut prononcer les *u* comme notre diphthongue *ou* et marquer vivement les longues et les brèves. Cette période, dont la traduction ne saurait jamais reproduire la beauté imitative, est tirée du 1er Livre des *Georgiques*, vers 356.

4° Une réunion de plusieurs périodes.

Voyez dans Virgile, *Georgiques*, Ier chant, vers 316, et dans Lucrèce, *de naturâ rerum* I, 275, le tableau des ravages des vents. — Dans Virgile, *Georgiques* 3e, vers 425, la description du serpent. — Dans l'*Énéide*, Livre 3, la description de l'Etna, etc. — Dans Horace, l'*Ode 11e* du 3e Livre où les finales de chaque strophe, *carmine mulces*, *seraque fata*, *perdere ferro*, etc., retracent en quelque sorte l'esquisse de l'ode entière, harmonie imitative d'un exemple rare. — Dans Théocrite, idylle 7, vers 135 et seq. etc., etc. (1).

B. Qualités du style logique.

Ces qualités doivent être une certaine noblesse, une élégance naturelle, une chaleur tempérée, la précision, la concision, la netteté et même la limpidité. « *Hoc in omnibus item partibus orationis evenit ut utilitatem ac propè necessitatem suavitas quædam et lepos consequatur.* » *Ciceronis de Oratore* III, 46. Néanmoins il faut de la sobriété dans les ornements, de l'aisance dans les transitions, du naturel dans le mouvement.

En général, il faut éviter dans le style tout ce qui rendrait la phrase obscure, diffuse, traînante, verbeuse, enflée, exagérée. Écrire comme l'on pense et penser bien, voilà la meilleure règle de style.

§ 23.

DU STYLE PLASTIQUE ET MUSICAL.

Tout ce qui a été dit du style poétique s'applique nécessairement au style plastique, c'est-à-dire au style dans le dessin, dans la peinture, dans l'architecture. La passion, l'image, l'harmonie sont les conditions

(1) J'ai choisi moi-même ces exemples pour montrer la justesse de la division de M. Noirot. J. DE R.

premières de la beauté peinte ou sculptée. Les mêmes qualités que nous avons indiquées pour le style écrit, doivent être exigées dans le style de la peinture et de l'architecture.

De même, le style dans la musique doit être surtout pathétique et imitatif. Il doit s'adresser essentiellement aux sentiments, en vertu de la loi de l'association des phénomènes moraux et des phénomènes physiques : la musique ne passe par l'ouïe que pour arriver à la sensibilité, à l'attendrissement, à l'émotion, à l'enthousiasme. La musique doit être par conséquent imitative ; elle doit rappeler dans l'âme, par des combinaisons de sons ou de mélodies assorties, les phénomènes qu'elle a pour objet de faire saisir. La musique peut peindre les tempêtes, les orages, le bruit des flots, le mugissement des bois agités ; elle peut peindre de même les passions humaines, et faire entendre les accents, la voix même de l'âme. Elle peut se faire tour à tour sévère et riante, grave et gracieuse, lourde et légère, languissante, rêveuse, contemplative et rapide, vive, étourdie ; et par un secret qui n'appartient qu'à elle, elle peut varier ces nuances avec tant de flexibilité, de tant de manières infiniment diverses, sur des modes, des tons, des gammes si différents et si imperceptiblement diversifiés, qu'elle est devenue le langage le plus étendu de l'âme, l'organe du cœur le plus vrai, l'instrument de la poésie le plus aimé et le plus général (*Notes*).

§ 24.

Lorsque dans une œuvre d'art quelconque, les conditions communes et les conditions spéciales de la beauté du style se rencontrent dans des proportions qui satisfont à la fois la pensée et les sens, on peut dire que l'HARMONIE règne dans cet ouvrage. L'harmonie résulte de la combinaison savante de toutes les conditions que nous avons énumérées ; elle est un résultat et non une cause. Pour créer l'harmonie il faut des éléments de beauté ; lorsque cette harmonie est absente ou tant soit peu défectueuse, c'est une preuve que les éléments de la beauté ont été ou mal conçus ou mal coordonnés (Art. II, § 63). La marque certaine de la beauté d'une œuvre d'art, c'est lorsque cette œuvre nous laisse beaucoup à penser, οὗ πολλὴ μεν ἀναθεώρησις, (Longin, ch. V), et qu'elle éveille dans l'âme le sentiment de l'idéal (*Notes*).

ARTICLE V.

DU JUGEMENT EN LITTÉRATURE. DE LA CRITIQUE.

—

§ 1.

QU'EST-CE QUE DOIT ÊTRE UNE THÉORIE LITTÉRAIRE?

Une théorie littéraire ne doit être autre chose qu'une explication logique des rapports nécessaires qui existent entre la poésie, la science et la littérature.

Les littérateurs doivent servir d'intermédiaires aux poètes et aux savants pour interpréter au vulgaire la poésie et la science; dans la société, considérée dans ses différentes classes, il faut des hommes qui n'étant ni poètes ni savants, c'est-à-dire qui n'étant point spécialement inventeurs dans le domaine de la poésie ou de la science, s'appliquent à expliquer au vulgaire les idées et les connaissances qui jaillissent de ces deux sources des jugements humains. Or, il faut nécessairement que les littérateurs ne marchent que sous l'impulsion de la poésie et de la science, et qu'ils aient un guide sûr, une méthode certaine pour les conduire à la vérité. Il est donc nécessaire qu'ils possèdent la théorie littéraire que la philosophie leur présente ; théorie qui se fonde sur les rapports mêmes de la poésie et de la science avec la littérature. Cette théorie a été commencée par Schlegel en Allemagne et par Mme de Staël en France. (1836-37).

§ 2.

DU SENSUALISME EN LITTÉRATURE.

L'importance d'une bonne théorie littéraire ressort avec évidence de l'histoire même du sensualisme. Ce système qui a donné successivement naissance à l'idéalisme, au matérialisme, au fatalisme, à l'empirisme et au scepticisme, s'est propagé dans le monde entier, en opérant une révolution puissante dans la pensée. De la philosophie où il a pris racine, le sensualisme a passé dans la science, de la science dans la littérature, et de là dans toutes les classes de la société, subissant toutes les transformations qu'il portait dans sa nature, il est devenu vulgaire par le moyen de l'école littéraire qui compte pour son chef l'auteur de la *Henriade*. Entre les savants de l'encyclopédie, les philosophes de la sensation, et Voltaire, il y a des rapports visibles qui prouvent combien il importe que la source première des idées d'une époque et d'un siècle soit saine et pure. Le sensualisme a pénétré dans les arts et dans les institutions ; dans l'ordre littéraire, il a créé le romantisme.

Le romantisme consiste dans l'imitation de la nature et rejette l'inspiration, la spontanéité, l'idéal. Il enseigne qu'il faut s'adresser aux sens, parce qu'il admet contre la vérité que toute idée vient par les sens, et qu'il n'y a rien dans l'entendement qui n'ait été d'abord dans les sens. Il est donc conduit très logiquement à ramener les arts à la satisfaction exclusive des sens, à faire de l'art pour l'art, à regarder l'imitation comme la règle absolue du beau.

Il est évident que ce système est faux. Au romantisme est opposé le système classique, qui répudie l'imitation et qui pose pour principe esthétique premier l'idéal.

Il ne faut pas confondre le système classique, qui ne reconnaît pour loi du beau que l'idéal, avec le système classique qui enseigne et pratique l'imitation de l'antiquité. Il n'y a rien de si éloigné des anciens que ceux qui ont cherché à les imiter. Ce qui caractérise les anciens, c'est la création ; et ce n'est pas créer comme eux que d'imiter leur forme, leur style. Pour imiter les originaux, il faut être original soi-même. Racine eût été plus grand s'il eût été original. Ses plus belles pièces de théâtre sont *Esther* et *Athalie* qui ne sont pas imitées. C'est dans un sens bien différent que l'on dit qu'Homère et Corneille sont classiques.

Pour éviter le romantisme et pour échapper à l'esprit d'imitation, il faut simplement se rapprocher du sens commun. Les anciens s'attachaient davantage au sens commun qu'à la science ; ils obéissaient plutôt à l'inspiration, à la spontanéité qu'à la réflexion et au travail laborieux. En poésie, ils ne cherchaient que l'idée, ἰδέαν dont εἶδος n'était que la forme objective. (V. art. II, § 8).

Enfin comme les idées ont leur origine dans la raison d'où les facultés intellectuelles les extraient, c'est à la raison que l'écrivain doit demander l'inspiration et les conseils qui lui sont nécessaires. C'est ce qui a été établi dans ce livre. (1836-37, 40-41, 41-42).

§ 3.

Ainsi le sensualisme n'est pas la méthode que doit suivre le littérateur, c'est au contraire le rationalisme, le système qui regarde l'idéal comme le principe générateur du beau. Toute théorie littéraire qui ne se fonde point sur la raison est fausse et dangereuse (1836-37).

§ 4.

DU GOUT.

Le goût est la raison en tant qu'elle juge le beau ; il est au beau ce que la méthode est au vrai. Il consiste chez le littérateur dans le sentiment éclairé du beau réalisé (Art. II, § 34). Ce sentiment, lorsqu'il a reçu par l'éducation son développement complet et normal, constitue la loi de la critique. Il est indispensable, en général, pour que l'on se plaise aux beautés de l'art, et pour que l'on saisisse avec fruit leur influence ; il est de plus indispensable à tous ceux qui veulent servir d'interprètes auprès du vulgaire des beautés de la littérature et de l'art, et qui veulent guider l'esprit public dans l'appréciation du beau. Les littérateurs, les critiques, déterminent presque toujours le mouvement de chaque intelligence dans la société ; par conséquent, le mouvement des mœurs, et ainsi jusqu'au mouvement de la société. Aristote, Horace, Boileau, Voltaire, comme critiques, ont exercé une influence considérable. Il faut donc qu'à beaucoup de jugement naturel ils réunissent un savoir solide, un développement intellectuel et moral très étendu, et qu'ils soient exempts de préventions, de jugements préconçus et d'idées erronées. Un bon littérateur est tout aussi rare qu'un bon poète et qu'un savant véritable (1836-37).

§ 5.

La condition générale du Goût c'est la moralité. Les littérateurs perdent l'idéal lorsqu'ils perdent les bonnes mœurs (1836-37).

§ 6.

Les autres conditions sont en général toutes celles de qui dépendent le développement et l'éducation de l'esprit et du cœur. Pour être un bon critique, il faut avoir beaucoup d'âme.

ARTICLE VI.

DES RAPPORTS DU LANGAGE ET DE L'ART AVEC LE CHRISTIANISME.

—

§ 1.

Il y a entre Dieu et l'homme des rapports nécessaires. Tout rapport entre deux êtres, quelque soit d'ailleurs leur nature, dérive de cette nature. Il y a donc entre Dieu et l'homme des rapports qui dérivent et de la nature de Dieu et de la nature de l'homme. Ces rapports sont nécessaires et immuables, parce que 1° la nature de Dieu est nécessaire et immuable ; 2° parce que la nature de l'homme, bien que variable dans ses développements, est une et immuable en elle-même et dans son essence.

§ 2.

Ces rapports s'appellent religion comme les rapports des corps s'appellent physique, comme les rapports des êtres libres et intelligents s'appellent morale.

§ 3.

Donc il existe une religion absolue, comme il existe une morale absolue, une physique absolue. La connaissance et l'expression des rapports entre Dieu et l'homme prennent également le nom de religion, comme la connaissance et l'expression des rapports entre les corps s'appellent physique, comme celles des rapports entre les êtres moraux s'appellent morale.

§ 4.

Puisque les rapports entre Dieu et l'homme sont invariables et nécessaires, il ne peut y avoir qu'une expression vraie de ces rapports ; donc il n'y a qu'une religion vraie, et la religion vraie renferme toutes les règles de la morale religieuse.

§ 5.

Par quels moyens peut-on arriver à la connaissance des rapports qui existent nécessairement entre Dieu et l'homme ? Ces moyens se réduisent à deux intermédiaires : la raison et la révélation.

§ 6.

La raison est aussi distincte du moi que le moi est distinct de la matière. Elle est impersonnelle, c'est-à-dire qu'elle n'a point sa source dans l'âme où elle ne fait qu'apparaître ; elle est la manifestation dans l'âme d'un être tout-puissant qui est essentiellement justice, vérité, beauté, en un mot de Dieu. La raison est donc universelle et non individuelle, et même l'école historique qui a posé en principe qu'il n'y avait de certitude que dans la raison générale, et que dans la raison individuelle il pouvait y avoir vérité mais non certitude, a eu tort dans le langage, attendu qu'il n'y a point de raison individuelle, en prenant ce mot dans sa véritable signification. Les intelligences seules sont individuelles.

§ 7.

Le critérium de l'élément rationnel c'est donc l'universalité du genre humain. Cette universalité fait l'autorité de la raison.

§ 8.

La raison est donc un moyen de connaître les rapports qui lient Dieu à l'humanité ; mais comme la raison est plus ou moins comprise selon que l'âme est plus ou moins développée aux différentes époques et dans les différentes périodes de la vie, il en résulte que l'étude des rapports entre Dieu et l'homme conduit à des résultats plus ou moins parfaits suivant que la raison est plus ou moins développée dans l'homme. Ces résultats constituent la religion naturelle, c'est-à-dire les vérités religieuses auxquelles on arrive par la nature humaine.

§ 9.

La religion naturelle variant avec les temps et les lieux ne peut jamais être complètement fausse ; mais elle ne peut jamais être complètement vraie. Par là même qu'elle est variable, elle n'est point l'expression des rapports réels de l'homme avec Dieu, puisque ces rapports sont invariables.

§ 10.

En sortant de la conscience individuelle pour entrer dans la conscience générale, on trouve chez tous les peuples et dans tous les temps des notions qui ne peuvent se rattacher à aucune faculté individuelle, pas même à la raison. Ces notions nous conduisent à conclure à une manifestation de Dieu par la parole, c'est-à-dire à la révélation.

§ 11.

Dans l'antiquité, chez les peuples païens, le polythéisme se composait essentiellement d'un élément personnel et d'un élément impersonnel. L'élément impersonnel, dégagé de toute altération et de tout alliage, se confond avec les notions fondamentales de l'Écriture (1) ;

(1) Voici quelques indications à ce sujet : Prométhée rappelle les Géants; Pandore, la tentation d'Eve; Deucalion, le déluge; Ovide raconte comme la *Bible*, qu'au commencement tout était chaos, et

l'universalité de ces notions est constatée par les poètes, qui sont chez tous les peuples les organes de la tradition, par Ovide (1er Livre des *Métamorphoses*), Virgile (*Eglogues*), Hésiode, Eschyle, Sophocle, Homère, qui est le plus ancien des poètes grecs. On retrouve chez eux des vérités évidemment traditionnelles sous la forme de mythes (μῦθοι), c'est-à-dire de vérités prises pour des emblêmes. Les débris de la tradition primitive qui constituent le fond du polythéisme grec et romain, se retrouvent aujourd'hui dans la littérature ancienne des peuples du Nord et des peuples de l'Asie centrale, dont le polythéisme, différent du polythéisme grec et romain, présente encore les mêmes notions traditionnelles. L'origine de ces notions n'est point dans l'esprit humain; les déistes ont très bien établi qu'elle ne saurait y être; elle est donc ailleurs, elle est donc nécessairement dans la révélation même de Dieu à l'homme.

§ 12.

La révélation est proprement la communication de Dieu avec l'homme; elle est une conséquence directe de la chûte de l'homme. La raison n'instruisant plus l'homme intérieurement, Dieu a dû l'instruire extérieurement

suit le même ordre que la *Genèse* dans son récit métrique de la création des êtres. Enfin Virgile raconte la naissance d'un enfant obscur qui renouvellera l'humanité et qui changera les siècles. Tacite et Suétone disent pareillement que les peuples seront renouvelés par des hommes sortis de l'Orient. (Extrait des notes prises en 1856-57 au Cours.)

par la révélation. Quand l'affaiblissement de la raison menaçait d'être aggravé par la domination tyrannique des sens, il fallut alors que la raison vînt par les sens. Alors se révéla le christianisme qui parle aux sens, qui met le concret à la place de l'abstrait, qui pénètre jusqu'à l'âme par les sens au lieu d'y pénétrer directement et sans intermédiaire. Le christianisme est la révélation spéciale par laquelle Dieu se manifeste à l'homme d'une manière universelle, permanente, immuable, certaine, infaillible.

§ 13.

Le christianisme est un ensemble de notions traditionnelles qui font connaître tous les rapports qui existent entre l'homme et Dieu ; qui forment un ordre de vérités obligatoires, supérieur à l'ordre des vérités purement rationnelles ; qui embrassent les rapports éternels, les rapports qui ont précédé les temps, qui suivront les temps, et qui sont en dehors du cercle de la raison ; notions uniformes et immuables, accessibles à tous les hommes, compréhensibles dans tous les temps, et consignées dans les livres sacrés que nous appelons du mot général Bible. La Bible résout les problèmes que ni le génie ni la science n'ont jamais pu et ne peuvent résoudre par eux-mêmes.

§ 14.

Le Christianisme est supérieur à la religion naturelle ; il se présente avec un caractère d'immutabilité qui se trouve en harmonie avec les rapports immuables qu'il doit exprimer en qualité de religion absolue (§ 4). Il répond à tous les besoins et à tous les désirs spirituels de l'homme ; il satisfait complètement l'humanité pour tout ce qu'elle a besoin de connaître des rapports qui existent entre le Créateur et elle.

§ 15.

Il y a entre la raison et le christianisme la même différence qui distingue l'intelligence de la raison. L'intelligence ne peut déterminer les rapports des êtres moraux, à moins qu'elle ne soit éclairée par la raison, *révélation de l'individu*. De même la raison est insuffisante pour déterminer les rapports qui existent entre les êtres finis et l'être infini, à moins qu'elle n'emprunte à ce sujet les lumières du christianisme, révélation extérieure, *raison de la société*.

§ 16.

C'est le christianisme qui révèle les attributs de Dieu, auxquels nous n'arrivons ni par le spectacle de la nature, ni par le spectacle de l'humanité. Ces attributs sont : l'unité de Dieu, son éternité, son immensité, son immutabilité. En établissant l'unité de Dieu, le christianisme a établi l'unité de l'espèce humaine ; et par là seul, il a renversé l'esclavage, le servage, les castes, et posé à tout jamais les bases véritables de la civilisation.

§ 17.

Le christianisme est un enseignement permanent destiné à maintenir l'âme dans la connaissance de l'infini. Tous les hommes ne peuvent, par le fait, recevoir l'éducation scientifique, littéraire, artistique ; mais ils peuvent, ils doivent tous recevoir l'enseignement religieux, le christianisme qui révèle toutes les vérités que l'homme doit connaître et pratiquer. Voilà pourquoi le christianisme est supérieur à toutes les sciences, à toutes les littératures, à tous les arts considérés comme moyens d'éducation, bien qu'il soit vrai et certain que rien ne contribue à la conservation et à la propagation du christianisme avec autant de puissance que la culture du beau et du vrai,

§ 18.

Il est en outre incontestable que le christianisme exerce sur le développement de l'idée du beau une influence décisive et puissante : l'Histoire de l'Art chrétien, de l'Archéologie chrétienne prouve surabondamment la salutaire puissance de la religion sur l'idéal. Nous devons, par conséquent, veiller avec l'attention la plus soutenue à l'accomplissement de tous les préceptes du christianisme ; de sorte que ne perdant point la connaissance de l'infini, nous ne perdrons point la connaissance du beau.

§ 19.

Les rapports de langage avec le christianisme consistent donc dans les rapports que les signes, et par conséquent la pensée entretiennent avec le christianisme. Plus la pensée sera chrétienne, plus l'art sera chrétien, plus le langage, soit d'action, soit figuré, soit parlé, sera chrétien. Attachons-nous donc fortement aux vérités et à la pratique des devoirs du christianisme, et nous serons chrétiens dans l'expression de notre pensée, dans le langage, dans l'art.

Extrait du Cours de 1836-37.)

J. DE RICQLÈS.

FIN.

TABLE ANALYTIQUE.

AVERTISSEMENT AU LECTEUR.

Ceux des paragraphes qui ne sont accompagnés d'aucune indication d'année, doivent être rapportés à la première indication qui suit. Ainsi le § 22 art. I doit être rapporté, pour la date, au § 23 qui suit et qui porte l'année 1836-37. Les § 29, 30, 31, art. I, doivent être rapportés au § 32 qui est marqué 1846-47. Cet avis m'a paru nécessaire pour éviter toute confusion.

Pages

ARTICLE II. — *Des rapports internes du langage avec l'âme.*

Lyon. — Impr. de J. Brunet fils.

www.ingramcontent.com/pod-product-compliance
Ingram Content Group UK Ltd.
Pitfield, Milton Keynes, MK11 3LW, UK
UKHW022030170726
13837UKWH00002B/515

9 782329 313122